心弦奏响的一刻

漪然赏读 37 部经典童书

漪 然／著

北京联合出版公司
Beijing United Publishing Co.,Ltd.

漪然，依然

林文宝（台东大学荣誉教授、儿童文学研究所所长）

漪然的过世绝对是中国儿童文学很大的损失。

其实，知道漪然这个人，是因为看到她的作品；进而知道她创办了"小书房·世界儿童文学网"，这是一个儿童文学公益阅读网站，拥有不小的名气；之后才耳闻她的故事，知道她是个自学成功的传奇人物，期待有天能见上她一面，没想到竟然就没机会。

从她的作品中，知道她是个天真、浪漫、多情的儿童文学作家，作品展现非凡的创意、趣味，以及温暖真挚的情意，相当难得；除了要有过人的天分外，还必须要有一颗悯人的赤子之心，才有能力写出如此杰出的作品。可惜她就像流星，只短暂地划过中国儿童文学的夜空，在绽放出灿烂的光芒时，马上就戛然陨落，徒留给读者满满的错愕与思念。

唉！美好的东西总只是一现！

日子过得很快，不知不觉中她已经离开我们快一年，没想到收到主编来信，邀请我给漪然的新书写推荐文，感动不已。老天真是捉弄人啊！没想到我们会是以这样的方式相见；不过，更令我感动的是，并不是只有我记得她，其实大家都挂念着她。

　　奇想国童书竟然打破时间与空间的藩篱，让漪然重新回到我们身旁，使得我们能再次感受到她文字的温度。我可想象这本书的问世并不容易，再加上十四家出版社慷慨授权，共襄盛举，更令人动容。

　　这本书记录了漪然阅读儿童文学经典作品的心得所感，中间还穿插了她写给安徒生的童诗——犹如童话作品，希望读者能玩一下游戏之后再继续阅读，我相当喜欢这样的设计，是个很有趣的巧思。但与其说这本书记录的是漪然的阅读心得，不如说这是漪然在透过这些经典的儿童文学作品，反刍并与自己对话，里面隐藏着她的创作观与美学观，字字句句都是她最真挚的情感与想法，让我们更了解她对于儿童文学创作的理念，还有对于人生的所感所触。

　　衷心推荐这本书给儿童文学创作者、热爱儿童文学的工作者，还有想要陪伴儿童阅读的父母与老师，这本书或许都能给你们一些启发。

　　这本书是漪然再次送给中国儿童文学的一份珍贵的礼物。

（2016 年 9 月，于台东）

自序：阳光下的玻璃屋

在棉花糖一样的云朵下，一片青草无边蔓延；阳光在野花上晃动，一座透明的玻璃小屋像一颗圆圆的露水，点缀在草地中央。小屋里暖洋洋的，桌椅和环墙的书架也是透明的，只有书架上一排排的童书在草尖投下一片阴凉；夜晚来临时，满天的星辰都在书脊后闪着银色的光……

这就是我儿时的理想，我就像一个梦想着水晶鞋的灰姑娘一样，梦想着有一间这样的玻璃小书房。有时，我看到天空的肥皂泡，就会想，我的小书房也可以和它一样轻盈，带我飞到任何地方；有时，我看到水中的玻璃杯，就会想，我的小书房也可以漂在海上，像一艘透明的船，和鲸鱼们一起去遥远的北方……但我想得最多的还是，这个小书房会不会降落在一个神奇的大陆上，就像多萝茜的木屋被龙卷风带到芒奇金人的国度，那时候，会不会有一些小孩子，带着好奇的目光围拢过来。

他们也许会问我："这些方方的、扁扁的东西是什么？它们好吃吗？"

而我会回答："它们不能吃，但是它们比最甜的西瓜还要甜，比最香的炸麻花还要香。"

然后，我就会讲一讲那些又香又甜的故事给他们听，就像田鼠阿佛和其他小田鼠们一起品尝他美味的回忆。再然后，我会告诉他们，不管何时何处，只要他们闭上眼睛，想着透明的小书房，就会飞到他们曾经听过的那本书里，因为它已经藏在了他们的心里，没有人可以再把它拿走。

　　是的，当我想象着这样一间玻璃屋的时候，我从不曾担心，会有人将屋里的那些书偷走。如果有谁把小鼻子扁扁地贴在我的玻璃书架上，用贪馋的目光看着我的某本童话书，我一定会毫不犹豫地把它从书架上取下来，送给他。因为我相信，所有我读过的书，已经装在了我心里，这些宝藏是不会因为分享而减少的。一本好书，正像一颗花的种子，花儿会凋谢，但种子会留在心灵的沃土中，越变越多。那些千百年前的文学经典，不就是这样流传下来的吗？这样一想，我的玻璃小书房又仿佛变成了一座暖香四溢的花房了……

　　也许，有些梦，我这一生都无法实现，但是，感谢文字，它让我可以把自己没做完的梦记录下来。也许，有些时候，现实世界会让我感觉失望，但是，感谢书，它总是给我带来新的希望。当我翻开一本科幻小说，又不由得想：也许，很久很久以后，书本将不再是纸做的，房屋也不再是砖石砌的，那时，会有一个又聪明又幸运的孩子，看到我写下的这些文字，然后，他微笑着，挥一挥手，他的小书房就像一个春天的肥皂泡，轻轻快快地飞上了云端……

　　也许，这个很久很久以后，就是明天；也许，这个幸运的孩子，就是你。

目 录

儿童文学篇

图画书篇

《晚安，月亮》
〔美〕玛格丽特·怀兹·布朗/文
〔美〕克雷门·赫德/图　阿甲/译
北京联合出版公司

只是说一句"晚安"

　　我喜欢的书，往往像一根线索，把我的记忆和某些事物连在一起：有些书连着一个特别的声音，比如《树林和草原》，总是让我想起父亲轻声朗读时的浑厚男音；有些书连着一种特别的颜色，读了《海的女儿》，我从此爱上大海的幽蓝水波，以及深深浅浅的各种蓝色……可对我最重要的一些书，总是连着一些人，这些人或是在千里之外，或是在百年之前，却都用自己在某一本书中留下的生命痕迹，让我明白了一些东西，并成为了现在的这个样子。

　　泰戈尔让我懂得了一花一叶中蕴含的生命之美，并不亚于天空的星辰。纪伯伦告诉我什么是人性，就像揭开了一块黑暗的幕布，让我看到了一个全新的世界。而玛格丽特·怀兹·布朗，却仿佛一泓明澈的碧水，让我的心完全沉浸在她的故事里，变得平静如镜，并照见了一个真实的自己。

说来也很奇妙，我读到的第一本经典图画书，正是她的《逃家小兔》，这可能就是人们常说的"缘分"吧。而在读过上千册中外图画书之后，再回头看她的故事，我仍然觉得，她是最懂孩子们的——也是最懂我的。

和《逃家小兔》的灵动与温暖相比，我似乎更加喜欢《晚安，月亮》的安静和纯粹，一句"晚安"，就让无数个夜晚回到了眼前——那时候，我们身边的一切，小猫、梳子、手套……都是我们的伙伴，那时候，我们爱一切，并没有什么理由和原因，只是爱着，被爱着，听见生命在所有角落里发出悦耳的声音……

是从何时起，我们就失去了这样一份简单的心情？是从何时起，我们就不再会使用这样一种简单的语言？为什么，我们就不能忘了那些语文课本上才需要的臃肿句子，重新用妈妈教给我们的话，来给我

们的孩子说一个简简单单的故事？

在读着《晚安，月亮》这本图画书的时候，我忽然有一种想哭的感觉。不为别的，只为那简单得不能再简单的一句："晚安，不在这里的人。"——那张全白的纸页，几乎就和我每天晚上睡觉前看到的白色天花板一样。当我们已经渐渐习惯，对生活中的一切美好细节都视而不见的时候，是不是还能有一个短暂的片刻，不要飞翔在空中的魔法，不要金银编织的摇篮，不要每一个愿望都能实现，只是面向小小的一片白色空间，道一声"晚安"？

晚安，屋子。

晚安，月亮。

晚安，跳过月亮的母牛。

……

晚安，月亮

晚安，跳过月亮的母牛

晚安，星星。

晚安，天空。

晚安，所有角落里的声音。

……

　　这一声声的晚安，仿佛最温柔的魔咒，曾经在千万个孩子的床边回响，陪伴他们进入梦乡。而这世界上，每一个人，不管整个白天经历了多少的悲欢离合，到了静谧的晚上，其实都会变成孩子。我们望着孤独的月亮，或许会发现，自己所需要的一切只是一个拥抱，一句"晚安"。可是，这世间又有多少人，能够永远得到这短短的一句问候——"晚安"？

　　曾经有人问我，为什么如此喜欢低幼的图画书，我也曾经这样问过自己，而玛格丽特让我明白了：其实，我只是希望继续做一个孩子，一个简简单单、爱着、被爱着、总有机会撒娇的孩子。我知道，时光不可能倒流，但是，《晚安，月亮》这样的书，不是仍然让许多父母和孩子在睡前一起读着，微笑着，仿佛拥抱住了月亮一般地满足吗？是的，只要有这样的片刻时光，便已胜却人间无数……

　　晚安，泰戈尔。晚安，纪伯伦。晚安，玛格丽特。晚安，所有不在这里的人……百年已逝，但只要还有一个孩子，在对着月亮轻轻地说晚安，你们就不会孤独。

《猜猜我有多爱你》
〔美〕山姆·麦克布雷尼／文
〔美〕安妮塔·婕朗／图　梅子涵／译
明天出版社

爱是一门学问

我对你的爱，究竟有多少？几乎所有沉浸在爱的幸福中的人们，都不会去想这样一个问题。

可是，有一只小兔子想到了，它仰起天真的脸蛋，对大兔子说道："猜猜我有多爱你？"

这是一本薄薄的小书，浅浅的蓝、绿、黄色的水彩，描绘出了一个简简单单的故事。

一只小兔子和一只大兔子，它们张开手臂，跳向树梢，望着天空，一心只想要计算出，谁爱谁更多一些。

爱，难道是可以计算的吗？

"这么多。"小兔子说，
他把手臂张开，
开得不能再开。

世界上没有两件事物，是完全相同的，同在你头上的两根丝发，也
不能一般长短。然而——请小朋友们和我同声赞美！只有普天下的母亲
的爱，或隐或显，或出或没，不论你用斗量，用尺量，或是用心灵的度
量衡来推测；我的母亲对于我，你的母亲对于你，她的和他的母亲对于
她和他；她们的爱是一般的长阔高深，分毫都不差减。①

这是一种对爱的理解。

"我爱你一直到月亮那里。"
"我爱你一直到月亮那里，再从月亮上回到这里来。"

这也是一种对爱的理解。

"我爱你一直到
月亮那里。"
说完，
小兔子闭上了眼睛。

"哦，这真是很远，"
大兔子说，
"非常非常的远。"

我们总以为，爱，是太深沉、太伟大的一种感情，大到不能说出口，似乎说出来，就会失去它本来的样子。

可是，孩子们却知道，爱，是需要表达的。虽然，爱可能无法计算，但是，计算爱的多少，其实结果并不重要，重要的只是计算的过程：在过程中，我们张开手臂，跳向树梢，望着天空——最后，在月亮上，我们终于幸福地看到了彼此的内心，原来我们如此相爱……

智利女诗人密斯特拉尔在自己即将成为母亲的时候，才羞答答地开口说道："妈妈，现在把你知道的爱的学问讲给我听。"

爱的学问，啊，任何时候，也不该忘记这句话。的确，爱，就是一门学问，它需要我们用一生来学习，也需要我们用一生来传授。

在漫长而寂寞的黑夜，握着他的手，躺在他身边，讲着梦境一般的故事的时候，别忘了对他说："我爱你。"

在寒冷的冬季，给他围上暖暖的外套，在他奔跑出去之前，轻轻拥抱他的时候，别忘了对他说："我爱你。"

在灰暗坚硬的水泥砖块之间，为他埋下一颗柔软的生命种子，当嫩芽破土而出的一刻，别忘了对他说："我爱你。"

教给他爱吧，让爱在他的心里慢慢长大。这样，许多许多年以后，他也会对自己的爱人和孩子自然而然地说出这句话。他会生活得很幸福。当每一个孩子都懂得这句话的含义，都知道如何对别人说出这句话的时候，这个世界，也就是幸福的了。

今天，你对他说了吗——"猜猜我有多爱你？"

---

① 引自冰心《寄小读者》。（编者注）

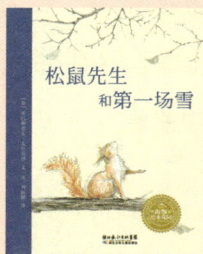

《松鼠先生和第一场雪》
〔德〕塞巴斯蒂安·麦什莫泽／文·图
刘海颖／译
湖北少年儿童出版社

寒冬中的浪漫

还记得，我和弟弟每年冬天都如饥似渴地盼望着的一件事，不是过年，不是拿压岁钱，而是，下一场大雪。

所有的孩子，不管是平日里温柔乖巧的，还是一贯喜欢调皮捣蛋的，每到下雪的日子，他们的目光中都会流露出一样的惊喜。没有一个孩子不爱下雪；更没有一个孩子会嫌弃下雪天太冷。曾经有一个朋友很认真地说："如果有一天，我连是不是下雪都不关心了，那我一定是变成一个大人了。"

是的，如果一个人只能感觉到冬天的寒冷，而不再能感觉到飞雪的浪漫，那他一定已经是个很乏味的大人了。

还好，松鼠先生不是这样的大人。

在所有的动物都回自己的小窝去舒舒服服睡大觉的时候，松鼠先生却还没有睡，因为，他有一个梦想——不是什么改造世界的伟人的梦想，只是一个最微不足道的小孩子的梦想——他想看看下雪是什么样子。

可就为了实现这样一个小小愿望，他也得付出很多：他又冷又困，孤零零一人趴在树枝上，身上的毛都乱糟糟地纠结在了一起，最要命的是，他甚至都不知道自己正在等待的这个奇迹，什么时候才会出现。也许，这个冬天根本就不会下雪呢？

如果，就这样一直等待下去，松鼠先生的故事就仅仅是一个证明气象预报工作多么重要的悲凉寓言了。可喜的是，好奇心强烈的小动

物并不止一个。于是，刺猬跑来了，他和松鼠先生一起大唱歌曲，赶走了松鼠先生的瞌睡虫；大熊也从自己家中钻出来了，这个下雪爱好者小分队一起展开了"寻找第一片雪"的全体行动。对于从没见过雪是什么样的三个小动物来说，这寻找自然是十分盲目的，可他们的想象力却是极好的——如果，雪花是白白的、凉凉的，那么，白白的、凉凉的东西，为什么不能是雪？就这样，牙刷"雪"、空罐头"雪"从天而降了。虽说大熊的想象力要比两个小家伙差一点，可他的发现也堪比哥伦布——他找到了世界上第一片袜子"雪花"。

图画书里的大熊挺着肚子举起那只臭袜子时，刺猬和松鼠先生都带着崇拜的表情看着他，而我却在书外偷笑，甚至有点恶作剧地想：真的下一场袜子雪，不也挺好的吗？就算这些雪花都带着"月亮的味道"，习惯了吃酸奶酪的人想必也能忍受吧……直到真正的雪花飘落的一瞬，我甚至还有些失望，这么有趣的探索就这样结束了？有时候，当人生中某个愿望真的实现了，我们也是会有点莫名失望的：原来，最后找到的就是这个整理文档的工作啊，之前学了那么多数理化，敢情都白学了。可能，很多人就是在这样一次又一次的失望中，渐渐学会了接受平庸的生活，也放弃了更多的梦想。如果，故事就到这里戛然而止了，那松鼠先生和他的朋友们也不过是从童话回归现实的一群森林清道夫罢了，可是，这个故事并没有结束，它还有一个让人惊喜的结尾。

这个结尾，就是那个用牙刷、空罐头和臭袜子装饰起来的大鼻子

雪人。在被白雪覆盖的静谧森林里，这个雪人就像一个有生命的精灵，见证着这里曾经发生过的一个奇迹。它仿佛在用无声的语言，默默地诉说：

你付出的一切，都不会是白费力气；
你得到的一切，都不会是毫无价值。

当看到森林中的樵夫对雪人流露出诧异目光时，不知怎的，我忽然想起了小时候，我爸爸有一次从打折商店回家，别人发现他抱着的是一大盒子旧书，也是这样诧异地望着他。实际上，爸爸很少有时间看书，但他还是会很起劲儿地买书。他还经常给我们买一些看起来没有什么用的小玩意儿，比如，小动物形状的香橡皮、石头小乌龟、木头小玩偶、泥娃娃、泥哨子……所有被我妈妈称为"破烂流丢"的东西，但那些却是我们童年时最闪亮的回忆。我庆幸，我们有这样一个爸爸，他并不富有，可他给予孩子的，不比任何一个富有的爸爸少。至少，他已经用自己的行动教会了我们，如何保持对生活的热情，如何把"破烂"变成和雪花一样可爱的风景。

松鼠先生和刺猬一起趴在大熊的身上，睡熟了。可他们做的雪人仍然醒着，还在替他们看雪中发生的故事；每个孩子也都醒着，还在替他们无拘无束地欢笑。

有童心的地方，即使是寒冬，也有飘雪的浪漫；

有爱的地方，即使是黑暗，也有相依的温暖。

《从前有一只老鼠……》
〔美〕玛西娅·布朗／文·图
漪然／译
新星出版社

书里，有一片森林

印度是一个农业大国，如果坐着火车，从首都德里旅行到加尔各答，映入眼帘的就是一望无际的恒河大平原和平原上星罗棋布的村舍。可是，在古印度，却不是现在这样一番情景——在玄奘笔下，公元七世纪的恒河两岸遍布着大片的原始丛林，葱茏茂密，绵延不断。两千多年前，就在这样一个郁郁苍苍的国度，生活着一个国王，他希望自己的后代能够成为世界上最优秀的人。于是，他请到了当时最了不起的智者来做王子的老师。可这位智者却既没有讲课，也没拿出书本来要王子背诵，而是选择了一个在当时看来有些匪夷所思的教育方式：给孩子讲故事。这些由智者在古印度的苍木荫蔽下随兴讲述的故事，被后人用文字记录了一部分，编写成了整整五卷韵文，这些韵文也因此得名：《五卷书》。

两千多年后，在我们已经有了数不清的少儿读物的时代，一个美国的图书管理员却再一次翻出了这套古老的读本，她清澈的目光像时间的流水一样滑过书页，却忽然在某一章节停住了。也许，这就叫"心有灵犀"——现代的图书管理员并不是只给图书扫扫灰、编编号，而是要经常接待孩子，给他们讲故事的。他们的工作，正像两千多年前的智者一样，是给下一代传道、授业、解惑。只是，这个女智者还有些与众不同的爱好——她不仅喜欢给孩子讲古老的民间故事，还喜欢把它们画下来。为此，她曾到世界各地游览采风，学过油画、版画、中国水墨画，还孜孜不倦地研究民间文学理论和儿童心理学。她，就是获得过三座凯迪克金奖、六座凯迪克银奖的玛西娅·布朗。

玛西娅·布朗曾经说过，她希望自己的作品能做到：像一颗美丽的种子，在孩子心里埋下艺术的根芽；像一首创新的歌曲，从古老的主旋律中衍生出种种变化。所以，她的每一本书几乎都是对经典的传承——经典的故事、经典的画法，可其中包含的思想，却都是超前的。她根据《五卷书》中的寓言创作的这本《从前有一只老鼠……》（*Once a Mouse…*），可算是一个典型的例子。在绘画手法上，她选择了木刻版画，可以说，这单纯而古老的手法就是为了最大程度地贴近这个古印度寓言诞生时的环境氛围。但是，这本图画书的内容，和最初的文字版之间却有着相当大的不同，如果你手里有季羡林翻译的《五卷书》全译本，你会发现，在原书中（第三卷第十三个故事），智者并没有

回到了自己的林中小草屋，他给小老鼠拿来
一些牛奶和谷粒，安抚着它。可是，当心！

帮小老鼠变猫或者变老虎，而是让它变成了一个小女孩。这个女孩子长大后想要找个好老公，就像我们的民间传说《老鼠嫁女》一样：想嫁太阳，担心云遮；嫁云，云怕风吹；嫁风，风怕山挡；嫁山，山怕老鼠打洞；最后还是变回了原形，嫁给了自己的同类。

而在布朗演绎的新版本里，这个故事被搬到了一个更无拘无束的野外环境里上演。从环衬开始，茂密的丛林、活跃的鸟兽、木板的划痕、大面积的红色……一瞬间，就把一片古印度原始大森林展现在我们眼前。小老鼠也不再是吃饱了没事要找对象，而是时刻要面对生和死的考验。每一次变化，都是连思考也来不及的"应急措施"，这不但让故事变得更加紧凑、更有悬念，也让智者由着小老鼠做蠢事的矛盾行为有了更加合理的解释。而结尾处，小老鼠变的大老虎目空一切，甚至要吃掉救命恩人的行为，就更有了讽刺的意味。

不过，在这一切改变中，最大的改变恐怕还是整个故事的寓意。原作里，只是对"江山易改，禀性难移"的某些人进行了讽喻，而改编版里，智者却从始至终都在深深思索着"万物的小和大"——为什么小的总是被大的欺负？为什么弱小者变强大之后会反过来欺凌弱小？为什么一个"大老虎"的快乐总要建立在一群"小动物"的痛苦上？从小处看，这个故事似乎是在暗喻一个在成长中逐渐迷失的过程：无论是孩子，还是大人，都会在生活中遇到类似的"以大欺小"，但是当我们拥有了一定的能力，却又往往会忘记自己弱小时的苦楚与渴望；而从大处看，这也恰恰是在给整个人类社会画一幅进化图：一个弱小的国家，往往是靠忍辱负重慢慢走向强大的，可等到国家强大了，却又会以侵略其他弱小国家作为炫耀自己实力的手段，国家与国家之间，为了那"大和小"的矛盾而展开的战争，又比原始动物之间的弱肉强

食高明了几分？一本情节如此简单的小书，却带出了一个涵盖心理学、社会学的哲学主题，真让人不能不为它赞叹一声：大道至简，举重若轻。

作为一个同样常常以讲故事这种方式来和孩子分享梦想的人，每当读到一本不仅仅美丽，且有内涵的童书，我就充满感激——感激语言和文字的发明，让思想可以从一颗心里涌流到另一颗心里；感激印刷术的发明，让瞬息万变的时光可以得到长久的保存；感激图书馆的发明，让最贫穷的孩子也可以享受和国王一样的阅读，并因此而拥有一个王子般高贵的灵魂。古印度那片曾聆听过智者讲道说法的参天森林，而今已不复可见，可在书本里，还有一片森林。这森林的枝叶永远在摇曳、生长；这森林的模样永远在变化、更新。

这片森林，就叫作——智慧。

《逃家小兔》
〔美〕玛格丽特·怀兹·布朗／文
〔美〕克雷门·赫德／图　黄廼毓／译
明天出版社

逃跑，也是一种美丽

这是一个小兔子和妈妈玩"捉迷藏"游戏的简单故事。在故事的开头，小兔子决定要"离家出走"；"如果你跑走了，"他的妈妈说，"我就去追你，因为你是我的小宝贝呀！"

于是，紧接着，一场在想象中展开的、欢快而奇特的追逐游戏就开始了——

如果你是一条小溪里的鱼儿，

我就是清清水流旁边守候你的那个渔夫；

如果你是一块山崖上的石头，

我就是在石岩间寻找你的那个登山者；

"如果你变成风，把我吹走，"小兔说，
"我就要变成马戏团里的空中飞人，
飞得高高的。"

"如果你变成空中飞人，"
妈妈说，"我就变成走钢索的人，
走到半空中好遇到你。"

如果你是一朵秘密花园里的番红花，

我就是为你洒下露水的那个园丁；

如果你是一只飞翔在高空的鸟儿，

我就是在大地上等待你的那棵绿树；

如果你是一艘漂流在海洋中的小船，

我就是一阵风，将小船吹向你希望去的任何地方……

　　小兔不断地变化着模样，而他那个坚定、细心、有爱心的妈妈总是能想出一个办法，将他重新找到。那些如梦如幻的图画中，始终洋溢着一种温馨的情感，年幼的小读者总可以在听这个故事的过程中感到一种安宁的愉快。因为几乎每个幼小的孩子，都曾经在游戏中幻想过像小兔子一样离开家，用这样的方式来考验妈妈对自己的爱；而这个小兔子的经历，就像他们自己的游戏一样，给他们带来了一种妙不

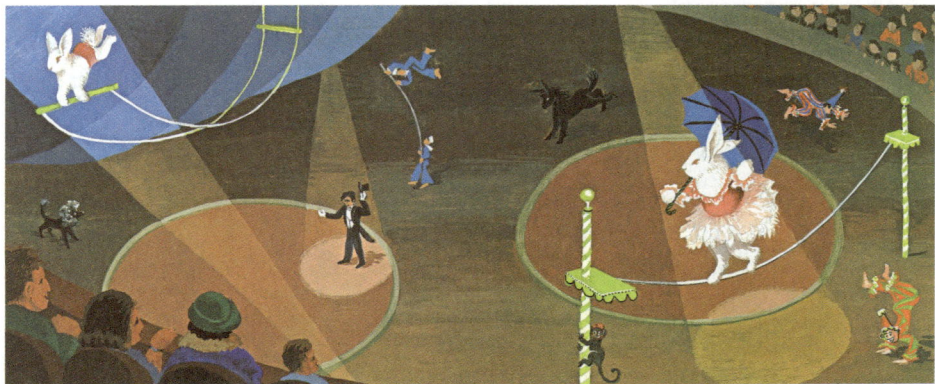

可言的美好感觉。

　　"我们总是自然地就学会说话，可我们却要用一生的时间来学习自然地写作。"玛格丽特·怀兹·布朗这样说道。

　　这位出生在近一百年前的女作家的独到之处就在于，她的作品是通过一个小孩子的视角来看世界。这些故事轻松明快，就好像游戏一样，却能够启发孩子自己进行一系列的思考。布朗为幼儿写作了一百余本图画书，许多画家为她做过插图，而和她合作最默契的，要数克雷门·赫德——在赫德的图画里，无论是蓝色大海上那月白色的兔子形状的云朵，还是那铺着绿色地毯的红色房间里的一轮金字塔形的温暖灯光，那极其细腻的笔触，单纯浓郁的色彩，正如在梦中的逃跑本身一样，充满纯洁美丽的魔力。

　　有多少孩子曾经穿着宽大的睡衣，仰着刚刚洗过的脸蛋，在这轻柔的读书声中甜甜睡去？又有多少父母在为自己孩子讲故事的同时，也被那种奇异的氛围所感染？

　　如果你是一个小小的孩子，奔向一幢大大的屋子，我就是你的妈妈，用双手捉住你，把你拥在我暖暖的怀抱里……

　　啊，亲爱的，放心吧，你永远不会独自一人。因为，无论你逃得多远，都一定可以回到那个爱你的人的怀抱里。

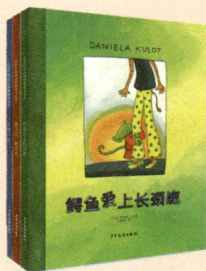

"鳄鱼爱上长颈鹿"系列

〔美〕达妮拉·库洛特／文·图

方素珍／译

少年儿童出版社

别说 "不可能"

在童话里，猫和耗子可以在一起玩，企鹅和北极熊经常开碰头会，这都已经没什么稀奇。鳄鱼爱上长颈鹿，又有什么可大惊小怪的？如果有人非要较个真儿，说：鳄鱼和长颈鹿是不同种类的动物，根本不可能结婚！那大家倒可能觉得这个人有点神经不正常了。

可是，偏有人把这样的事情——"不一样的动物是不是可以结婚"，严肃思考了一番，并得出了"不一样的动物要生活在一起，确实存在很多障碍"这一结论；而且，还针对鳄鱼和长颈鹿身高悬殊达两米多的特殊情况，提出了三个有条有理的步骤，来解决这个难题。

步骤之一，写在《鳄鱼爱上长颈鹿》这本书里：两个动物首先要确定的是，他们是否真心相爱。如果确实真心相爱，自然就能接受对方那不一样的个头，而做出这个判断的标准就是：她是不是能看到你送给她的最甜蜜的微笑。

如果她不但看到，还对你露出了同样的微笑，那么你们就迈出了通向幸福的第一步。

"我要在天桥上表演一些特技，"鳄鱼想，"这样她肯定会注意到我。"

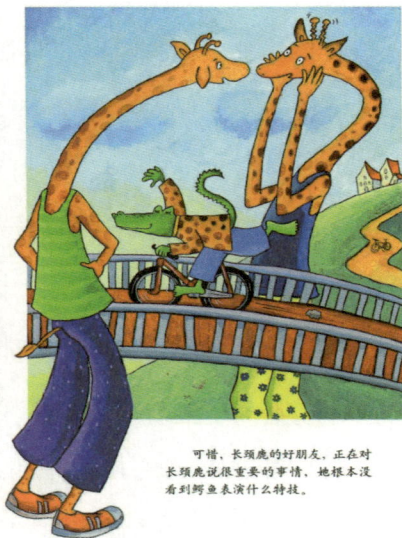

可惜，长颈鹿的好朋友，正在对长颈鹿说很重要的事情，她根本没看到鳄鱼表演什么特技。

《搬过来，搬过去》教给我们第二个步骤：是不是可以生活在一起？

这是一个非常实际的问题，如果只是相爱，而不能相处，那么这种爱就是一个悲剧了。

　　显然，鳄鱼和长颈鹿的相处是充满矛盾的：长颈鹿在鳄鱼家里连脖子都伸不直，而鳄鱼在长颈鹿家里连门把手都够不着。但是，幸好，他们都很聪明，想出了一个绝妙的居所——其实有些地方借鉴了残疾人理疗中心的设置——让他们从此可以面对面地吃饭、睡觉。

　　于是，第二个难关也通过了。

现在，鳄鱼和长颈鹿住在游泳池里。

在水中，他们的高度相同。
他们可以一直互相对望，并且
给对方一个最甜蜜的微笑。
所有的问题，都被洗掉啦！

　　《天生一对》中讲述的最后一个步骤，看似简单，其实最困难，那就是他们必须让双方的亲人和朋友也接受这不同寻常的结合。

　　是的，如果你爱一只长颈鹿，你当然可以接受她的长脖子，可你怎么能要求其他不爱长颈鹿的鳄鱼也接受这个庞然怪物？如果你爱一条鳄鱼，你当然不会嘲笑他的小短腿，可你怎么能要求其他不爱鳄鱼的长颈鹿也默默不语地看着他，不发出大惊小怪的声音？

两个不一样的动物如果想要在一起玩，那么最大的可能就是：再没有任何一个群体会接受他们，和他们一起玩。这其实不是一个生物学，而是社会学的问题。鳄鱼和长颈鹿也差点被驱逐出了两个不能相容的族群，虽说，故事用戏剧化的结尾——让鳄鱼和长颈鹿组成"特别救火队"，搭救了一群小鳄鱼，并最终赢得了大家的认可与欢迎——来跨过了这第三个难题。

可是，在现实里，却不是每天都有火可救的……

这时，长颈鹿摆出一个姿势，好像一条梯子（这一招，后来变得非常有名呢）。

鳄鱼跑到顶楼了，他将小鳄鱼们一只只递出来，最后是鳄鱼奶奶。

看到长颈鹿在那座样式老旧的红房子前用脖颈搭梯子的时候，我就记起了我家在和平巷的红砖老屋，从早上八点，到傍晚六点，那屋子的门一直是敞开的。因为有一回，我连人带被从床上跌到地上，直到爸爸妈妈下班回家才被救了起来。自那以后，爸爸就决定不再锁门，以便我再次掉下去时好向邻居们呼救。那时，也有一些孩子从那扇敞开的门外走过，他们也会偶尔回过头，看看我，但我不知道他们的名字，他们也不知道我的名字。

现在每当有人问我，"你小时候为什么没有上学？"我便只有沉默。说真的，我那时候的身体还没有差到连坐在课堂上听讲都做不到，然而，没有人想过要送我去上学，包括我的爸爸妈妈。似乎一个腿脚不能动的孩子，"不可能"和正常的孩子在一起上学、玩耍，这是不需要解释也该明白的道理。

在中国，有大约六百万残疾儿童，虽然，残疾儿童的就学率在逐年上升，可还是有许许多多孩子如同儿时的我一样，独自一人，在一扇敞开或是紧闭的门后，度过了一生中最渴望友谊和爱的时光。而在长大后，他们更加没有可能与和自己不一样的人去交往、去爱、去品尝人生里那个最甜蜜的微笑……即便有了鳄鱼和长颈鹿的三部曲做参考，他们却连迈出第一步的机会也没有，这是多么令人心碎的事实！

然而，我仍旧希望，能有更多的孩子——特别是残疾孩子，可以看到这套图画书，它不是解决两种不同群体如何和谐相处的社会学手册，可它毕竟是在告诉我们，这个世界上并不存在什么"不可能"。

只要有一颗智慧的心，身高相差两米又四十三厘米的鳄鱼和长颈鹿，也最终可以相爱相守，共享一生的幸福与甜蜜。

爱和智慧，结合在一起，就可以创造出世界上所有"不可能"的奇迹。不需要解释，每个孩子都能够明白这个道理。

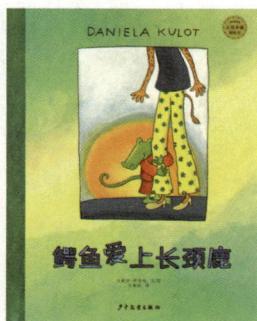

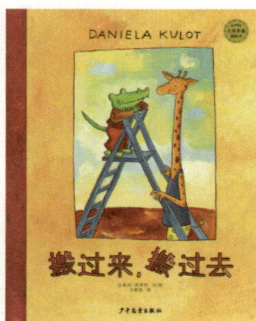

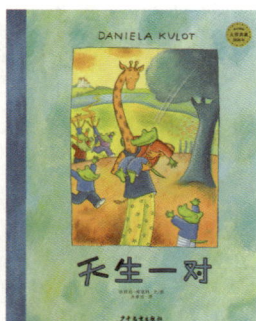

"艾特熊和赛娜鼠"系列
〔比利时〕嘉贝丽·文生／文·图
梅思繁／译
二十一世纪出版社

只因为，还有爱

天际的霞光、树的影子、风吹过的声音……一切不可触及的美好事物，都会让我沉默。所以，在翻开这些书的时候，我又一次沉默了，因为我知道，我的语言永远不可能表述出那一瞬间，我心里真实的感觉。

然而，我必须写一点什么，我必须为了让更多的人——不仅仅是孩子，去翻开这书页而写一点什么。我必须让更多的眼睛，看到这个世界上已经所剩不多的单纯而美丽的生命。这生命中没有诅咒，没有怨恨，没有伤害，没有孤寂，只有幸福：暖暖的、柔柔的，包围着一只小鼠和一只大熊。他们幸福，只因为他们相爱。

这种爱，如此简单。它也许只是一个孩子的欢叫，一个长辈的微笑，一个相互依偎着的拥抱。它也许只是一幅想象中的画面，描绘着那金黄的日光、树林，淡绿的草丛、天空，蔚蓝的雪原、薄雾。可这里没有一幅画是为了装饰而存在，恰恰相反，不论是那随心所欲的涂鸦线条，还是淡得若有若无的朦胧水彩，它们都是一种最简洁的语言。这语言，述说着一件件再平凡不过的生活琐事，可你永远不会感到厌倦，因为，这一个个故事里，回荡着的都是爱的声音。

　　这爱是任何风雨也不能遮挡的。也许雨会一直不停地下，也许在一片阴沉沉的天空下，你找不到任何快乐的理由。但是，如果你的心里装满了爱，快乐就不需要任何理由。粉红的小雨伞可以代替太阳，欢乐的歌唱可以代替轻柔的风和明亮的天空。赛娜和艾特的快乐，是湿漉漉、傻乎乎的，却像细雨一样，可以浸透所有心灵的土壤，让幸福在每一个泥泞的角落，发芽生长，吐露芬芳。

　　这爱是任何宝物所不能换取的。在一个挂满了世界上最美丽的艺术品的殿堂里，我却只看到了空荡荡的静默，和一个孩子的眼泪……如果，没有艾特的注视，这些名画的存在——不管是不是复制品——又有什么意义？如果，没有赛娜的呼唤和寻找，艾特的存在——不管他是保安还是艺术家——又和其他的人有什么不同？这个世界上曾经有很多很多美丽的东西，将来也还会有很多很多美丽的东西，但是，赛娜只有一个，她呼唤和寻找着的艾特，也只有一个，这就是爱的价值超于一切物质的缘故。

这爱也会有怀疑。我们总会有一些秘密——那些最亲密的人没有问起，我们也就没有讲述的事情。偶然有一天，这些秘密被发现了，又会怎样？也许我们会偷笑，就像赛娜看着艾特小时候的照片那样；也许我们会心酸，就像赛娜看着艾特和别的孩子在一起的照片那样。但不论这感觉是悲是喜，我们不该让自己的爱也变成一个秘密。如果赛娜没有鼓足勇气大声问艾特，"为什么你连一张和我一起的相片都没有"，那么这个世界上，或许就不会存在那些他们相拥在一起的幸福合影了。如果你真的相信爱，怀疑就会像风一样飘去，只留下一瓣温暖的心香。

这爱也会有迷惑。人的心其实是一座迷宫，我们常常故意隐藏，让别人看不到我们真实的感觉。我们常常像赛娜一样害怕孤独，但却又会像她一样任性地对自己说，"我就是想要害怕。"我们也常常像艾特一样愚钝，极其认真地去玩一个游戏，却忘记了真正应该在乎的不是这场游戏，而是在游戏中一直陪伴着你的那个人。但是，如果爱总会带我们走出迷宫，找到那温暖的拥抱和微笑，那么多走几个迷宫又有什么可怕呢？

这爱是很容易得到满足的。一年之中只有一个圣诞节，人的一生，可以实现梦想的次数也寥寥可数。而赛娜，在面对着这绝无仅有的一次可以选择"所有想要的东西"的时候，却只是选择了艾特和那棵歪脖子的小杉树。那棵杉树，并没有一点值得夸耀的美丽和引人注目的地方，它只是和赛娜一样小。是的，也只有赛娜这样的孩子可以理解这棵小树，她可以看到这棵树上燃着所有美丽烛光的样子，那是只有她才能想象出的样子。艾特以为，他必须给赛娜一些所有孩子都可以得到的东西——礼物、聚会、圣诞大餐——这样才是给了赛娜幸福。可当赛娜紧紧拥住那棵小树的时候，他也终于明白了：我们可以拥有一切，但是当我们拥有了爱，一棵小杉树也可以比整个森林让我们得到更多的幸福。

　　这爱不是只存在于两个人之间的。我们不喜欢陌生人，真的，不管他是什么样的人。赛娜也不喜欢那个忽然出现的陌生人，他夺走了本应只属于她的小屋，还有她和艾特那美丽平静的生活。她真的不明白，艾特为什么要让她为这样一个人送衣送饭。可当她和这个人面对面地相遇了，和他说了话，一起走过了一段路，她就开始懂得了，这个人其实和她、和艾特没有什么不同——同样需要朋友，需要被关心。这个世界上没有什么陌生的人，陌生的只是我们彼此的心，而爱的存在，却让我们可以听到彼此的心声。于是赛娜第一次从自己和艾特的两人世界中走出来，她开始学会去爱更多的人，也从这爱的施予中，得到了更多的快乐。成长，其实就是这样一个学会包容和爱的过程。

有人说，一本书的存在，就是一个世界的存在；一本书记录着的，不仅仅是我们已经拥有的世界，也是我们渴望拥有的世界。嘉贝丽·文生用她的画笔，创造了二十四本以艾特和赛娜为主人公的书，也创造了二十四个让艾特和赛娜幸福生活的世界。我相信，这世界里，也同样保存着她的渴望。这位终身未婚的女子，从来没有过自己的孩子，可她却用一种最奇妙的方式，把爱送给了全世界的孩子。她最懂得任性而又脆弱、暴躁而又善良的孩子们需要什么，因为她就是赛娜，她也是艾特。

我没什么可说的，我的一切都在书里。

看到这句话的时候，我再一次沉默了。不知为什么，我想起了安徒生，他也曾经说过："我的一生，就是一个童话。"如果没有真正了解这些艺术家孤独的一生，谁又能听出这淡淡的话语中隐藏的深深的痛楚？可几乎与此同时，我又想起了那些听我讲童话故事的小孩子，他们像赛娜一样，充满幻想、充满热望，他们因为有新的故事可听而快乐无比。只因为有他们的倾听，那些寂寞的童话便不再寂寞，那些描画着爱与美的梦幻，也终于变成了现实。

如果，你也正想为自己的孩子讲述一个新的故事，我希望，你会带着他认识这只稚气的小鼠和这只憨厚的大熊，也看一看那位已经走完了自己美丽人生的画家。你会看到，在那张略显陈旧的黑白照片上，她正在对你微笑——她微笑，只因为，她知道，这世界上还有爱。即使，她从未拥有过一个属于自己的孩子，可她毕竟看到了自己梦过的幸福。

《歌舞爷爷》
〔美〕卡伦·阿克曼/文
〔美〕斯蒂芬·甘默尔/图　柯倩华/译
河北教育出版社

落幕一刻

不知是谁说过，每个老人都是一本厚重的大书，里面装满了需要我们用心去读的故事……

如果说，《爷爷有没有穿西装？》是一首充满追思的安魂曲，让我们看到生命如何在血脉中延续；《爷爷一定有办法》是一曲生活气息浓厚的二重奏，让我们感受人生的细小变化与快乐；《我爱我的爷爷》是一部朴实无华的纪录片，把人与人的心灵交流铺展于我们眼前；那么，《歌舞爷爷》又是一个怎样的故事呢？

只看这本书的图画，人们会错以为，这是一个老人和几个孩子的欢快嬉戏；而看到文字后，你才会明白，这是一部穿越时空的奇妙歌舞剧。

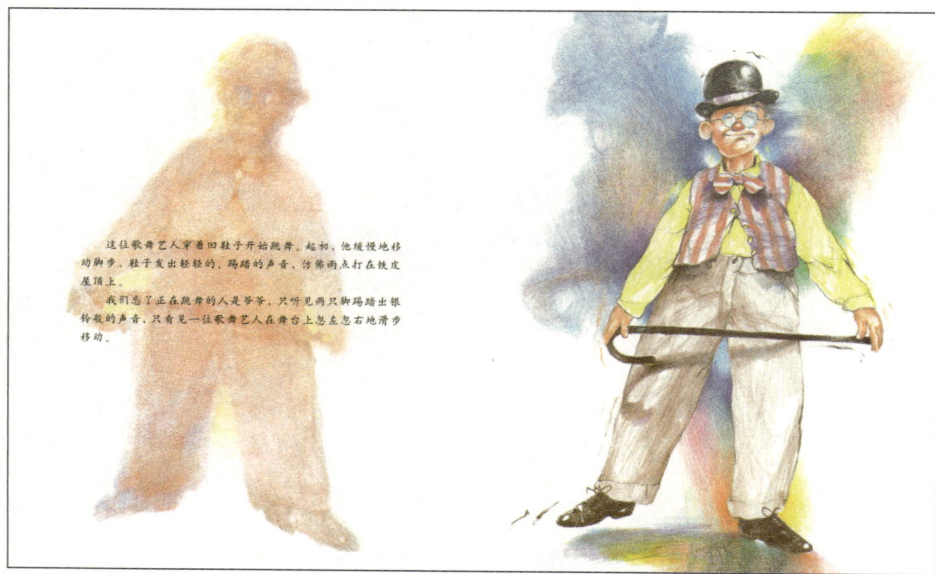

这位歌舞艺人穿着旧鞋子开始跳舞。起初，他缓慢地移动脚步、鞋子发出轻轻的、踢踏的声音，仿佛雨点打在铁皮屋顶上。

我们忘了正在跳舞的人是爷爷，只听见两只脚踢踏出很轻盈的声音，只看见一位歌舞艺人在舞台上愈左愈右地滑步移动。

　　属于爷爷的那个时空，是美国十九世纪八十年代，那时候没有电视，只有舞台，那时候的演员们没有拍错了就停下摄影机重来的机会，他们的表演也全都是即兴发挥。值得一提的是，这个故事里的"综艺秀剧场"（vaudeville stage）这一称呼，是由当时最有名的歌舞演员本杰明·富兰克林·基思率先用来称呼自己创办的新剧场的。① 毫无疑问，爷爷曾经是那个年代最走红的明星之一，否则也不可能在那么"时髦"的剧场里演出。而爷爷表演的"综艺秀"，正是美国百老汇歌舞剧的前身，也是美国本土音乐剧发展中的一个重要环节。虽然它因为有声电影的出现而迅速衰落并销声匿迹了，可是这种雅俗共赏、老少皆宜的综艺秀，却并没有被人遗忘。至少，在爷爷的世界里，它始终存在。

在那些手工缝制的演出服里，在那些画着大礼帽和手杖的海报里，在老阁楼上杉木的芬芳和陈旧杂物的气味里，藏着的不仅仅是一个老人的回忆，而是一整个曾经辉煌的歌舞时代。

是的，只要还有一个人记得，逝去的时光就会重现，一盏普普通通的台灯也可以变成舞台上的聚光灯，一间昏昏暗暗的阁楼也可以变成宽敞明亮的剧场……

不知为什么，看到爷爷举起手中拐杖，意气风发地挥舞着的瞬间，我想起了我的祖母。她和美国歌舞剧全无关系，但是，只要她手边有一把折扇，展开，收拢，划过面颊，她就成了另外一个人，一个身处几个世纪之前的纷飞花瓣中的人。

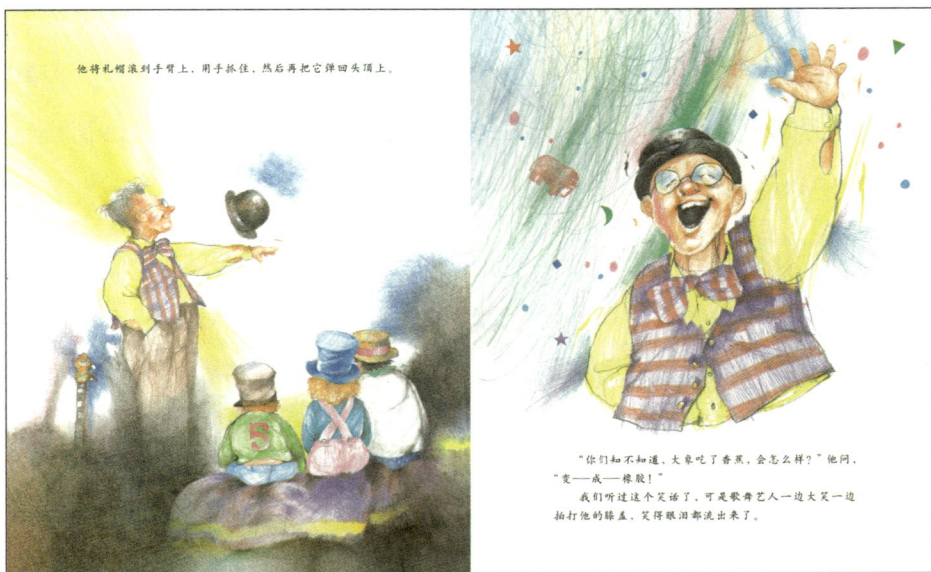

他将礼帽滚到手臂上，用手抓住，然后再把它弹回头顶上。

"你们知不知道，大象吃了香蕉，会怎么样？"他问。
"变——成——橡胶！"
我们听过这个笑话了，可是歌舞艺人一边大笑一边拍打他的膝盖，笑得眼泪都流出来了。

原来姹紫嫣红开遍，似这般，都付与断井颓垣……

每当祖母清丽的嗓音随着午后的光影摇曳，我的眼前就会渐渐展开一片碧空，寂寥的花园，霓虹般的枝蔓，还有飞翔的雀鸟……那时的我，只有五六岁的样子，还不知何为昆曲，也不知身边的人曾经和梅兰芳在同一舞台上唱和，甚至不知这曲中唱的是什么故事，我只有一种奇异的感觉，仿佛自己已经穿越了时空的界限，跟着那声音到达了另外一个世界，一个古老而美丽的世界……

如今，每当听到昆曲，或是看到有关戏曲的故事，我总是会想起那些如梦一般，靠在床头听祖母吟唱《牡丹亭》的午后。正是在那时，我看到了一个和平日完全不一样的祖母。她银发苍苍，眼中却闪动着青春灵动的光芒，举手投足轻盈得像湖上的水鸟，又舒缓得如天际的流云……在爷爷载歌载舞的那一刻，我的眼前似乎又出现了同样的光芒，那种返老还童的光芒，那种抑制不住的欢悦，那种全心投入的执着，只有曾经站在千万双眼睛注目的中心的人，才可能懂得。

成为明星，站在聚光灯下，让万千观众为自己痴狂、欢呼、鼓掌，也许，每个少男少女都有过这样的梦想，可最后获得机会立于舞台上的又有几人？而获得了这样的机会，却最终离开了舞台，又会是怎么样的心情？

长大后的我，也曾经这样问过祖母，而她的回答是：那时候，只觉得，能和丈夫、孩子在一起，就是幸福的。平平淡淡的一句话，现在想来，却让我懂得了很多。

原来，舞台上，所有的舞动，所有的吟唱，所有的跳跃，所有的欢笑，都比不上舞台下，一个暖暖的相拥，一个浅浅的微笑，一句淡然而又深情入骨的话语：

He wouldn't trade a million good days for the days he spend with us.（就是用一百万个那样的好日子，也换不走他和我们在一起的每一天。）

再辉煌的演出总有落幕的一刻，但是因为下一代的存在，这落幕就不再黯然。

再耀眼的明星总有老去的一天，但是因为孩子们的笑颜，苍颜白发也一样明媚温暖。

谢谢你，歌舞爷爷，为了你用如此美丽的方式，记录了一个落幕之后的故事。

也谢谢你，亲爱的祖母，为了你和我在一起度过的每一天。

---

① 引自《音乐剧理论结构》，文硕著。

《走进生命花园》
〔法〕蒂埃里·勒南/文
〔法〕奥利维耶·塔莱克/图　柯蕾/译
中国民族摄影艺术出版社

如果，可以选择……

　　每天，我有一件必做的事，就是在吃饭时，陪爸爸一起看电视新闻。其实，有时候，我真的并不喜欢看这些近乎冷酷的报道，今天某地被导弹击中，明天某命令让老百姓都必须接受 X 光检查……犯错误的是少数人，承受不幸的却总是无辜者。为什么？尤其是，看到那些灾难中的孩子——那么无助地望着大人，眼里没有泪，却充满了惊诧和恐惧——的时候，我的心就会不由自主地收紧、疼痛……

　　每当我看到孩子们带着甜甜的微笑睡在自己的小床上，或是笨笨地拿着小勺去舀起一点鸡蛋羹，便觉得这世界还是很美好，很值得继续努力去生活，去品尝每个温暖的小细节；可当我看到弃婴，看到被战争夺走家人和家园的孤儿，看到被迫过早戴上眼镜的小学生，看到挣扎在温饱线下的农村少年……我的心里就不由得冒出这样的怀疑：
这些无辜的小生命，如果可以选择，他们还会选择这个世界做自己的
出生地吗？

是的，如果，可以选择。在大多数人看来，这个假定是可笑的，
他们不相信孩子也会有对生命和死亡的思考，他们把儿童表现出的情
感、渴望都当作动物的条件反射，却忘记了，人也是所有动物中的一
分子，动物也有自己的感觉……

这就是我为什么忽然感到，自己的心被一本书猜透了的缘故——
它正是为了那句话而来：如果，可以选择……

当一个站在自己无忧无虑的小岛上的孩子，看到世界上所有的忧
虑和苦难的时候，他还会选择来到这个世界吗？他为什么要选择来到
这样一个世界？

可最终，他还是选择了——出生。

仅仅是因为他觉得：

应该用绳索抓住云朵，让雨水灌溉沙漠……

应该把海洋清洗干净，然后坐在大海边，自由地梦想……

应该在森林里自由散步……

应该写下那些被遗忘的童话，躺在柔软的草地上，静静聆听……

无数个"应该"，那么简单的道理，却没有人真的去努力尝试。

是不是，那些大人们都已经习惯了在冰冷肮脏的街道上行走；习惯了看着鲸鱼的血流在大海里；习惯了流泪和无视别人的泪水；习惯了机械地服从命令，即使这命令是让他们把枪对准一个孩子？

当看到书中那个闭着双眼的大人物在孩子身后发表长篇大论时，我忽然想到某某大会上那些用无休止的争论取代了拯救地球的主题的各国代表，他们闭着眼睛计算一千亿或是更多金钱的时候，有没有想过自己的孩子？有没有想过作为人父，应该给自己的孩子一个干净的

海洋、一座可以散步的森林或是一片柔软的草地？如果，他们根本连想都没想过这些，他们的脑子里又在想什么呢？

是每天都在举行的庸长会议？

是不停运转着制造武器和污染的工厂？

是铺天盖地宣传着金钱万能的广告？

是把已存在的一切重复一遍却不能给人任何新知的教科书？

孩子看到了战争。
他想，应该画出军人的制服和长枪，
应该把长枪画成小鸟栖息的树枝
和牧羊人的笛子。

和这一切相比，一个孩子的声音显得多么微弱和苍白啊！

那在无数浓重的色彩中始终保持着一角洁白的书页仿佛也在思索：如果，可以选择，在这个庞大而复杂的世界里，一个柔弱的小孩会怎么做？是如同一张白纸被颜色浸透，在成长中忘却自己曾经向路边乞丐伸出小手，曾经在绿树下安眠，曾经用绳索拉过云朵……还是远离成年后的责任，远离尘嚣，去做个长不大的彼得·潘？

不，如果，我们只有这么一点点选择，这个世界就永不可能脱离

孩子看到了饥荒。
他想，应该用绳索抓住云朵，
让雨水灌溉沙漠，
应该挖掘流着水和牛奶的河流。

钻木取火的蛮荒时代，莱特兄弟就永不可能实现飞行的梦想，爱迪生就永不可能在黑暗中发明电灯，甘地就永不可能让印度人走向独立。选择长大很容易，选择永不长大也很容易，但选择在成长中保持自己最初的自由与梦想、真挚与善良，却是很难很难。正因为，有些人选择了知难而进，而不是忘却或逃避，这个人间，才有了希望和温暖。

　　而我来到儿童文学这片寂寞的土地上，不也是自己的选择？只是，有时候，我也会忘记自己最初的热望，忘记自己"应该"做些什么，

甚至怀疑，自己的耕耘、播种有没有意义。只有看着孩子清澈的目光，我才会再次清晰地想起，每个人都曾经是一颗可以长成任何模样的嫩芽，每个人都在灰暗的现实中做过让世界更美好的梦，正像那结尾的画纸上正被温暖的光一扇扇点亮的窗口。而所有心里还装有这样一点光明的大人，如果，他们也可以选择，我相信，他们还是会选择：

放弃一切现代化的舒适，去贫困山区给孩子们讲一个故事、读一首诗；

冒着看不到明天的危险，去废墟下寻找一个正在失去温度的小身体；

拿出自己所有的藏书，为农民工的孩子建立一个阅览室；
带着远离自己亲人的缺憾，去守护一群孤儿的童年；
用自己的骨髓和血浆，去挽留那些正在被死亡带走的孩子……

应该学习拥抱……
应该学习说"我爱你"，即使没有人对你说这三个字……

一个无需播种、耕耘就花团锦簇的小岛，就不需要有人付出悲哀与喜悦的感情；一个没有痛苦、不公的世界，就不需要任何人去付出努力。也许，孩子不是自己选择来到这个世界的，但是，当一个孩子明白了这个世界有多少缺憾，却仍然选择继续留在这里，继续去爱，他就已经跨出了自己生命中最有力的一步。而尽管早就知道这个世界并不完美，最终，我们还是选择了：守护着这些年轻的生命，在并没有鸟儿飞翔的天空下梦想未来，和他们一起对月亮说"生日快乐"和"对不起"。这，仅仅是为了我们深知：

每个生命都应该有诞生的意义，就像绽放的花朵应该成为丰美的果实。

每个孩子都应该被珍惜，因为他们可以走到我们永远走不到的地方。

每个不幸都不该成为拒绝去爱的理由，因为冰雪总会在春阳下融化。

因为改变世界的力量，就是——新生。

《蓝色的天空》《白鹳的旅行》
〔克罗地亚〕安德烈娅·彼得利克·
侯赛诺维奇／文·图
柳漾、谢源／译
广西师范大学出版社

蓝与白

有时候，我会喜欢一个作家，仅仅是因为他的一句话，就像因为"挥一挥衣袖，不带走一片云彩"而喜欢了徐志摩，因为"冬天来了，春天还会远吗"而喜欢了雪莱。有时候，我会喜欢一个画家，仅仅是因为画里的一片颜色，就像因为喜欢那纯蓝色颜料涂抹出的一片天空，而喜欢上了安德烈娅。

我真的无法不喜欢这片《蓝色的天空》，无法不喜欢那个在天空下注视云朵的女孩。这本图画书，从始自终，几乎都在用一种颜色对人们诉说着这个女孩的回忆、悲伤、憧憬、幻想……深深浅浅的蓝，全都是那么单纯无邪，却又全都带着一道道泪珠流过似的划痕。这蓝色仿佛就是从那个女孩孤独的内心流淌出来，又在和她一样寂寞的天

一头大象出现在白云和蓝鸟之间。它又大又灰，在天空中迈出的每一步都巨大无比。小女孩很喜欢这头大象。以前，妈妈常常带她去动物园玩，她们会一起喂大象，说不定这头大象她们就喂过呢。

一天，空中刮起了一阵狂风，天空变成了灰色，蓝色的云朵迅速向四面八方散去。突然，一只兔子出现了，风又刮来一块蓝表，停在兔子耳边，所以，兔子可以报出时间。这一幕，小女孩很熟悉，她想到了《爱丽丝漫游奇境》，妈妈给她读过这个故事。没错，就是这只兔子。

空上幻化为蜗牛、兔子、大象，还有许许多多的鸟儿。而她自己，也像一只渴望晴空的鸟儿，努力地飞啊飞，只为了一个目的地——妈妈的身边。

当这个飞翔的梦想，延续到《白鹳的旅行》这本书中的时候，我惊喜地发现，这个小女孩终于还是走出了自己的内心，走入了一个更加广大的世界。这个世界不再是纯粹的一片蓝了。有时，它是粉色的，如同清晨初升的朝霞；有时，它是金色的，如同开满向日葵的田野；有时，它又是黑色的，如同没有星月的、沉默的夜晚……在数不清的颜色中，唯一不变的，是那只白鹳鸟，它像一朵白云飘在一座座城市的上空，把单纯的蓝色天空和彩色的大地连为了一体。它到过许多地方，它见过许多人，它经历过许多事，最后，它发现自己梦中的"美丽烟囱"，原来就在家乡的田野上等待着它。

最好的书，总是能让我们看到一个人生命的轨迹。作为一个出生在萨格勒布①，从小失去父母的女孩，安德烈娅其实是将她前半生的经历都放进了这两本图画书里。《蓝色的天空》是一首诗，是她孩提时代的回忆，《白鹳的旅行》则是一篇散文，它记录了作者离开家乡，寻找自己的未来与幸福的旅程。如果说，在《蓝色的天空》中，安德烈娅是用颜色来做梦，那么在《白鹳的旅行》中，她更多的时候是试图用颜色描画现实。而后者显然要比前者难度更大，需要更多的表现

太阳像一个橙色的大球，从高楼大厦间升起。
我从睡梦中醒来，周围的一切都笼罩在暖暖的阳
光里。街上传来城市的第一阵声响，我从高楼上
往下望，看到川流不息的车辆和来来往往的人群。
"这儿不适合安家。"说完，我转身离去。

我看见前面有一座高高的烟囱，红
白相间。我高兴极了。我刚想在烟囱上
落脚，一团乌黑的烟冒出来，包围了我。
我不再是白鹤了，身上一团漆黑。

我高兴极了！我要回到克罗地亚，寻找我失去的家园。
我出发了。我一定要找到那里。路上，我遇到一群白鹤，
就问它们要去哪里。简直不敢相信，它们也正飞往泽戈克，
那里，战火已经停息。我是世界上最幸福的白鹤。

技巧。让作者和读者都感到喜悦的是，《白鹳的旅行》在绘画语言中的许多尝试还是成功的。比如，在描述"战争"时，她只是画了一个低着头的女孩子，可从那双不愿意睁开的眼睛里，我们仿佛可以清楚地看见那些燃烧的森林和房屋的废墟。而对现代大都市的生活，她只用了一个细节来刻画，她让鹳鸟在浓浓的烟尘中变黑了，虽然只是这一瞬间的黑，却让我们理解了一只在大自然中永远洁白无瑕的鸟儿心中的绝望和悲哀。或许，也正因为这些灰暗色调的衬托，在书页最后重现的那片金色田野才格外美好。

当读到白鹳们一起飞往西高克②的那一段时，我不由自主地也有了一种想飞的欲望，我的眼里也不禁有了一些谁也没有注意到的泪水。只是，这泪不是为痛苦而流，而是为了幸福才涌出来——毕竟，这个世界上还有这样一片蓝天，还有这样一群自由的白鹳……孤独的孩子啊，你不要灰心，不论我们经历过什么样的黑暗，只要这蓝与白的色彩还没有消逝，人间就总有希望，总有爱。

---

① 克罗地亚首都，同时也是克罗地亚的政治、经济、文化中心。
② 克罗地亚的一个村庄，有"鹳鸟之村"的美誉。

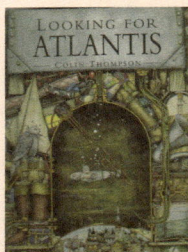

《寻找亚特兰提斯》
〔美〕科林·汤普森／文·图
Jonathan Cape Ltd. ／出版

寻找亚特兰提斯

如何认识真正的生活？

如何拨开日常的灰尘，用心灵去看这个真实的世界？

如何在平凡中找到梦想、温暖和感动？

……

如果，有一本书，可以教会我们这一切的话，那么，它就是《寻找亚特兰提斯》。

这是一个在梦幻与现实之间自如穿行的奇妙故事。故事的起始，就用一片淡青色的海水将世界分为了两半——水上的世界是自然而安宁的：沉默的火山、无风的海面、古老的帆船和气球、漫无目标的漂泊……而水下的世界，却似乎处处隐藏着刺激和危险：潜水艇、蒸汽机车、机械零件、恐龙的头骨、黑暗的洞窟……

就在这个双重的世界里，一个男孩的声音开始淡淡地响起——

我的爷爷在海上航行了差不多一辈子……他曾经是个王子，也是一个海盗……

我们是透过那个望远镜般的圆镜头看到男孩的爷爷的，他看起来一点也不像个海盗——也许不管做过什么，时间都会在一个人的面孔上刻下同样的皱纹和老年斑——只有他的眼睛，那双见过全世界的海洋的眼睛，仍然那么明亮。那双眼睛似乎正在望向一个地方，一个我们在画面上找不到的地方：

亚特兰提斯就在这里，在你身边。你得学会怎么去寻找它。

老人在整个故事里，只出现了这么一次。可是，从这一刻开始，不知为什么，他似乎就和那个叫作"亚特兰提斯"的地方融为了一体，因为，男孩正是为了他的这番话，才开始寻找亚特兰提斯的。也许，他更想找到的，并不是一个幻想中的大陆，而是已经永远离开了他的爷爷。

在爷爷留下的箱子里，在深夜的阁楼上，在水汽弥漫的浴室中，在客厅、书房、厨房、花园，男孩一次次地寻找着，寻找着……他身边的世界仍然是双重的，一部分是现实中的旧箱子、电脑、昏暗的灯光、满满当当的洗衣篓、印花墙纸、座钟、书架、烤箱、食物搅拌机、抹布和水桶，一部分是幻想中的大船、王冠、外星人走过的楼梯、站在水龙头上的鹬鸟、水管里的海洋生物、从壁炉里飞出的列车、书架上长出的榕树、碗柜里的美人鱼、冰箱里的雪人、天花板上的汽车和蓝色玉米。我觉得，男孩是可以看到那个只存在于幻想中的世界的，可他却无法让这两个世界合而为一。即使他在卧室里闭上眼睛，他看到的，仍然是一幅支离破碎、残缺不全的景象。

我看到的，只是那些我能看到的。

男孩开始绝望了，他打算放弃寻找了。就在这时，爷爷留下的那只鹦鹉——泰坦尼克，因为年老力衰，一头栽到黑暗的地下室去了。

也许，只是到这一刻，男孩才真正开始面对死亡了。他捧着奄奄一息的鸟儿，幻想的世界已经不复存在……没有了。没有生命，没有色彩，没有光明，一切，都没有了。

然而，太阳又一次升起来了。这个从死亡的黑暗中升起的太阳，仿佛比任何时候都要明亮、柔和、温暖……男孩抬起头，他看见了一个世界。这个世界对他来说，既是熟悉的，又是陌生的，既是新奇的，又是永恒的——他忽然明白了，这就是爷爷说起过的：亚特兰提斯。

在这个故事的结尾，男孩倚在爷爷曾经躺过的那张床上，和苏醒过来的鹦鹉一起，望着冉冉升起的朝阳。我们虽然看不见他脸上的表情，可我们仍然能够想象到，那一定不再是悲伤，而是一个明亮的微笑，因为，这个孩子已经懂得了：

希望和梦想，不仅仅存在于脑海之中。

这是一本讲述死亡的书，可它却无处不在歌唱着生命，它会让你的内心柔软地颤动，会让一些沉睡的东西苏醒。孩子站在太阳前望着地平线的画面，不知怎的，让我想到了《花婆婆》。那虽然是一个截然不同的故事，却同样传达着一个信念，那就是：不论生命如何短促，总有一些东西可以超越死亡，一直延续下去，生生不息。

写给安徒生

卖火柴的小女孩

世界上，所有的雪花
都飘到那个
寒冷的除夕去了。

所以，新的一年里
每个孩子都看到了
最灿烂的阳光。

她和雪花一起飞走了，
如今，她住在天堂，
踮着脚，走在每颗星星上。

如果你想见她，
可以在黑夜点亮
一朵小小的火苗。

她会出现，悄悄告诉你：
天堂里，只需要
一个暖暖的拥抱。

海的女儿

你还记得吗？
在最深的海底
那个圆圆的
像太阳一样火红的花园。

那儿有一块
白色的珊瑚，
它曾经是一座
不会说话的石像。

今天，花儿还在开放，
年复一年……
因为它们不懂得，
时间，能让一切改变。

三百年，就像一个短梦。
梦醒了，你会发现——
大海，只是一片矢车菊的花瓣，
而你，只是花瓣上的一滴露水。

小意达的花儿

所有的花儿都在跳舞。
红的、黄的、白的，
都在草地上跳舞。

让我们去草地上玩吧！
躺在最蓝的天空底下，
看天鹅一样的云朵
正悄悄滑过。

当风儿吹过篱笆，
那些小小的花儿，
红的、黄的、白的，
都在你的眼睛里跳舞。

等我们长大了，
所有的花朵就变成
蝴蝶，飞走了。

可每个春天的晚上，
它们还会回来，
红的、黄的、白的，
都在我们的记忆里跳舞。

野天鹅

我多想
变成一只野天鹅，
飞向最远的远方。

那里有最美丽的森林，
太阳在树梢摇晃，
像一朵金色花。

那里有最温暖的夜晚，
萤火虫在青苔上
照亮仲夏的梦境。

那里的海洋
是一片片柔软的花瓣，
漂向云朵做的宫殿。

那里的男孩们
用钻石笔在金板上
描画星星的光芒。

那里的女孩们
都有一双会说话的
清澈见底的眼睛。

我多想和他们一起
变成野天鹅，
飞向最远的远方……

拇指姑娘

小小的女孩睡着了，
在紫罗兰的花瓣里
做着紫罗兰色的梦。

梦里的水面闪闪发光，
还有小鱼儿吐出的水泡，
金色的、银色的……

一片绿色的睡莲叶儿
轻轻漂过——
那是没有舵和桨的小船。

小小的船帆
是一双白色的蝶翼，
仰望着初夏的天空。

小小的女孩，
在梦里松开了
那根金色的丝带。

(本章插图：魏清清)

儿童文学篇

《柳林风声》
〔英〕肯尼斯·格雷厄姆/著
〔英〕大卫·罗伯茨/绘　杨静远/译
贵州人民出版社

风声依旧

"噗"的一声，当鼹鼠的鼻尖钻出地面，伸到阳光里的时候，我的窗外，传来了一个轻轻的口哨声……

一个背着书包的小男孩，正站在同样一片暖烘烘的阳光下，出神地望着在居民楼上随风飘动的印花布窗帘。

那也是一种充满着渴望和寻求的眼神——一个孩子对一切新奇事物总会流露出这样的眼神——可此时此刻，他在渴望着什么？又在寻找着什么？当那个"亮晶晶的小东西一闪，忽隐忽现"的时候，我终于知道了答案，那是另一个孩子的眼睛。从两个朋友目光相遇的那一刻起，我仿佛也和鼹鼠一道，听到了"风在芦苇丛里的窃窃私语"。

他们很快就携手走出了我的视野，但是我却可以想象他们将来到一个怎样的地方：

　　它浑身颤动，晶光闪闪，沸沸扬扬，吐着旋涡，冒着泡沫，喋喋不休地唠叨个没完。

　　从某种意义上来说，城市里的道路也是一条流动着的大河，而河上的居民就是这些每天会沿着同一条路线上学或是上班的人们。只是，他们从来不曾像河鼠那样，把自己生活着的这个世界当作自己的兄弟姐妹、姑姑姨姨或者亲密的伙伴。实际上，他们更多的时候还是像蟾蜍，总在追逐着新奇的玩意儿：为了一辆锃亮的汽车而头脑发热，为了一

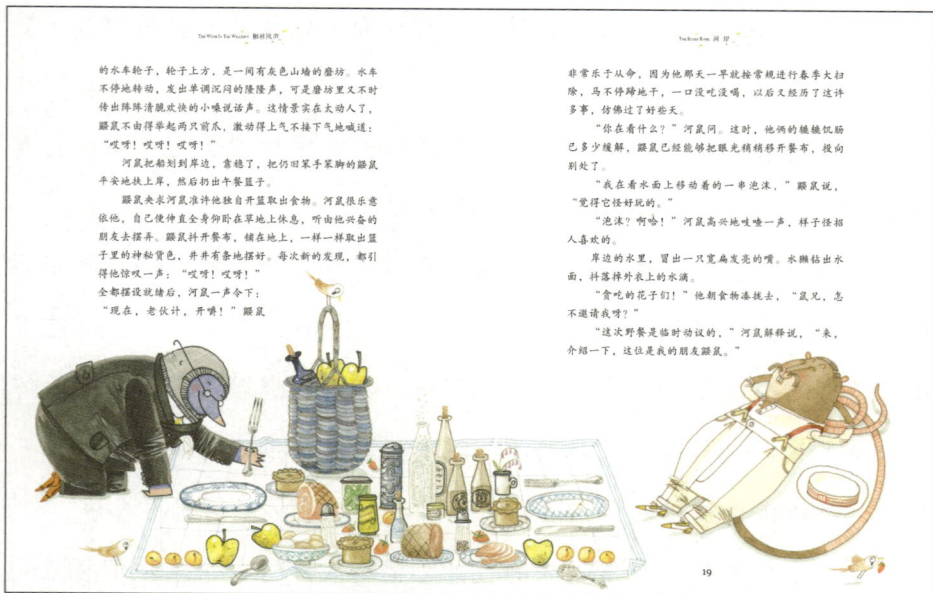

种飞驰的感觉而如痴如狂……

但他们仍然是可爱的，因为他们也有一颗和鼹鼠一样脆弱而敏感的心，一种和河鼠一样顽强而执着的责任感；他们又常常会装出一副和獾一样冷淡而严肃的面孔，其实那不过是害怕被别人发现：他们的孤独。

那两个走在上学路上的孩子，也许并不曾注意到这些匆匆自他们身旁流过的生命——人群、街树、麻雀、泥土中的蚯蚓、时髦女郎牵着的小狗，对他们来说，最重要的也许只是下午课间休息时的一场球赛，或者，是明天郊游时需要准备的一包好吃的。这正是他们这一生中最幸福的一段时光。这样的时光，不是每个人都会拥有的；却是每个人只要拥有过，就不应该再忘却的。

在那些单纯的岁月里，有着"日出前依旧凛冽的凌晨。那时，白蒙蒙的雾霭还没散去，紧紧地贴在水面。然后，灰色化成了金色，大地重又呈现出缤纷的色泽"；也有"夏日炎热的正午，在灌木丛的绿荫下昏昏然午睡，阳光透过浓荫，洒下小小的金色斑点"；甚至在最为寒冷的冬日，当"头顶上的天空如同纯钢似的发着青光。四周的旷野光秃秃，没有一片树叶"的时候，你也不会感觉忧伤，因为无论何时回到家中，总有热乎乎的饭菜在等着你的归来，还有"那炉欢畅的柴火，闪烁跳跃，把自己的光一视同仁地照亮了屋里所有的东西"……

那时，我们总以为，这样的快乐会是无穷无尽、周而复始的——就像一年中的四季，去了，还会再来，来了，也不需要特别的留意。也许，正是因为没有留意，所以，当这一切悄悄从我们身边滑过去的时候，才没有留下一点可以追溯的痕迹。

你是否还能记起，这些快乐是从何时渐渐在我们心中淡漠了？

是从何时起，我们为了那所谓的"新生活"而远离了自己的家，远离了所有的朋友们？

又是从何时开始，我们的欲望变成了囚禁我们的一座地牢，把我们和外面那个阳光灿烂的世界隔绝开来，使我们再也没有了呼唤朋友的勇气，甚至，再也找不到那条回归家园的道路？

没有回答。只有风，在轻轻摇动着树叶……

在近百年前，这风曾经吹拂过一个男人的信纸，他是否听见了些什么？

这个曾经有着不幸童年的父亲，却在给自己六岁的小儿子的信中，创造了一个如此温暖的天地，在那里，"一切都那么美好，好得简直不像是真的"——他难道不知道，孩子，总是要长大的？他难道不明白，生活，总是不完美的？

可是，他还是用自己全部的爱与热情，写下了这个让孩子欢笑、让成人落泪的故事。这个故事里没有一句居高临下教训孩子的话，却比任何一本教科书所能教给我们的道理更为深邃，因为它告诉我们的，是一个父亲希望自己的儿子永不忘却的生活真谛，那就是：

无论你曾梦想过什么，无论你正在追逐什么，无论你将会拥有什么，真正的幸福，只有在爱你的和你爱的人们之间，才可能找到！

如果，此刻正有风吹过你的发梢，那就闭上眼睛，静听它在对你说些什么吧。

你会发现，不论是匆匆穿行在寻常巷陌中的淡漠之风，还是轻轻抚拂着柔波金柳的和暖之风，它们吟唱的其实都是同一支古老的歌谣：

在风声中，有着所有心灵对往日的追忆。

在风声中，那些曾经和你一起走过风雨的伙伴，原来离你并不遥远……

《豆蔻镇的居民和强盗》

〔挪威〕托比扬·埃格纳／著

叶君健／译

湖南少年儿童出版社

并非童话的童话

——孩子眼中的《豆蔻镇的居民和强盗》

几年前，一个邻居家的小女孩眨着亮闪闪的眼睛来到我身边，要我给她讲一个童话故事。那时，我刚刚买了一套《二十世纪最新童话》，于是就随手翻开一本，开始给她讲这个"豆蔻镇"的故事。

可是，我只开了一个头，就被她怯生生的声音打断了："姐姐，我想听童话故事……"

"这个不就是童话故事吗？"我感到很奇怪。

"不，这个不是。"

"为什么？"

"童话里面有仙女。"

"不是每个童话里面都有仙女的。"

"不，都有仙女的。"

"但是……"

我看着她的眼睛，那里面闪动着的是一种极其认真而执着的目光。于是，我明白了，在这场不会有结果的辩论赛中，胜利的那一个绝不会是我……

几个月前，一个小学四年级的小女生背着书包来到我身边，很诚恳地对我说："老师要我们在暑假里读几本优秀的儿童小说，可以借一些书给我吗？"于是，我翻出一堆书橱里面的旧书，这时，她看到了那本《豆蔻镇的居民和强盗》。

"这个不是小说呀。"

"那你说这是什么？"

"这是童话，对不对？"她指着书脊上的文字，有些疑惑地看着我。

"你自己看一看不就知道了？"

她沉思了一秒钟，就翻开书本，看了起来，没过一会儿，她就抬起头来："这就是童话嘛！"

"为什么？"

"因为住在这个豆蔻镇里的人都像傻子一样，真的强盗也不会只偷面包和香肠呀！"

我无言以对。看着她带着些得意的笑脸，我不得不又一次承认了

自己的无知。是的，究竟什么才是童话？——我从来就没有真正地弄懂过。

　　七八岁的时候，我以为《狼和小羊》就是童话，可是后来，人家告诉我，那是寓言故事；十二三岁的时候，我觉得《银河列车999》是挺不错的童话，可是后来，人家对我说，那是科幻小说；十七八岁的时候，我听说《魔戒》是个值得一看的童话，可是后来，人家又说，那是魔幻文学。

　　也许对于不同的人，就有不同的童话，甚至对于同一个人，在他不同的年纪，也有不同的童话的标准。至于我，则始终没有找到一个可以衡量是否为童话的魔尺，所有的好看的故事在我眼里都好像是童话，而我也不明白，为什么要给它们定一个界线——

"很久以前，有三个强盗和一只狮子生活在一座乱糟糟的小房子里面……"难道这样的描述就是童话了吗？

"在风平浪静的豆蔻镇上，忽然发生了一系列神秘的盗窃案件，警官巴士贤陷入了重重疑云……"或者这样的开头就不是童话了吗？

我相信，在埃格纳写下《豆蔻镇的居民和强盗》的时候，他并没有去费心考虑过这个作品究竟算是童话还是小说。其实，在豆蔻镇上发生的一切，与其说是一个精心编织的故事，还不如说是一场随心所欲的游戏，是作家为一群充满了热情和友情的孩子们创造出来的一种模仿真实社会生活的游戏：在这个游戏里面，每一个孩子都能够找到属于自己的角色，他们自己扮演着自己，并在这扮演的过程中发现了

爱人和被人所爱的乐趣。在这里，快乐的精神高过了一切现实社会里的条条框框，也高过了童话这个字眼能够涵盖的定义。

如果你是站在二十世纪，站在一个正在走向生命之秋的老者的角度来看这个故事，那么，你会觉得，这是一个童话，因为它离残酷冷漠的现实太远、太远；可是，如果你是站在二十一世纪，站在一个正在迎接日出之光的孩子的角度来看这个故事，那么，你就会明白，这是一种正在被快乐地演绎着的真实生活。这样的生活不属于过去，而是属于未来，而这个未来的世纪，正属于现在的孩子们。

"世界儿童文学大师托芙·扬松作品"系列
〔芬兰〕托芙·扬松／著·绘
任溶溶／译
明天出版社

梦是一条河
——托芙·扬松的童话世界

一个天色灰蒙蒙的早晨，木民①谷下起了第一场雪。雪轻飘飘、静悄悄地落下来，几个钟头，所有的东西就变成了白茫茫一片。

小木民矮子精站在家门口的台阶上，看着盖上冬天被子安卧着的木民谷。他想："从今夜起，我们要开始漫长的冬眠了。"

……

记得几年以前②，我无意中得到一本《魔法师的帽子》的中文译本。第一次读这个故事的时候，我就有一种奇怪的感觉，仿佛这个开头本身就是一个绝妙的结尾——所有爱做梦的小孩子，读到这里，就可以合上书本了，只要安安静静地睡在自己的小床上，尽情地去想象，在整个漫长的冬天里，那个胖乎乎的小木民矮子精都做了些什么样的美梦吧……然而，当我从做梦一样的情绪中醒转过来，将书翻到下一页的时候，我却忽然发现，原来，这个故事的每一段，都可以是一个开始，也可以是一个结尾。因为，它就像梦境本身，从它的任何一段，几乎都能延伸出一个新故事。

燃烧着从天空落下的彗星烤干了大海；从魔法师帽子里飘出一朵朵白云，又长出一座茂密的丛林；在大海上和无数咬人的精灵作战；潜水取来咖啡壶和面包，在屋顶上吃早饭；和看不见的鼩鼱度过漫长的冬天；在神秘的孤岛上和美丽的海马相遇……几乎每一个木民谷的

故事都是这样一条梦幻之河，自自然然、平平静静，却一波接一波地泛着奇妙的闪光。然而，"梦"绝不是这个系列故事的唯一迷人之处。因为，真正带你走进这条河，并自由自在地荡漾于水波间的，是生活在这个梦幻世界中的小孩子——"木民"。

"木民"（Moomin）这个词，在芬兰童话里是一种矮矮胖胖的、居住在森林里的小精灵。也许"精灵"这个字眼会让人立刻联想到魔力和法术，但是，我可以向你保证，在木民谷这个地方，并没有任何一个居民具有什么魔法的力量。恰恰相反，他们倒是和现实生活中的你我一样，有许许多多的烦恼，甚至，也常常会感到孤独。

几乎每个木民的故事里都有这样一些角色，他们失落而迷茫，找不到自我，比如：过着独居生活的菲利钟克、隐形的小傻妞、四处流浪的小嗅嗅、爱静的赫木伦，等等。在《木民爸爸海上探险记》里，这一点尤其显露无遗。木民爸爸可以说是一个最忧郁的爸爸，他几乎每时每刻都沉浸在自己的回忆、沉思和对未来的困惑之中。他厌倦一成不变的生活，又极度渴望表现出一个爸爸的勇气和才能，因此，他提出了把家搬到一个孤岛上的主意。而原本生活在这个孤岛上的灯塔看守人，几乎就是木民爸爸在镜中的影像，他同样忧郁，同样厌倦自己的生活，甚至因为不知道"我是谁"，而一度真正地完全忘了自己是谁。这一家子里，性格最温和也最有理智的要数木民妈妈，可她也为自己在灯塔的墙壁上描绘玫瑰花，躲进彩色图画里的花园，以此来逃避大海上孤寂的现实生活。格罗克是在木民谷系列的所有故事中都出现过的一个孤僻角色，在这个孤岛上，它和小木民矮子精之间，却产生了一种心灵感应似的关系，这也是因为寂寞的小木民矮子精在孤岛上找不到一个朋友……

提到孤独的孩子，我们通常会想到"小王子""彼得·潘"，而在木民谷的故事中，孤独的孩子不是一个，而是一群，他们恰恰是将梦境和现实联系起来的一串珠子，因为每个现实里的孩子都懂得，没有朋友，没有人理解自己想要什么，是一件多么可怕的事情啊！怎样才能从孤独的牢笼里拯救自己？这正是每个小读者都会格外关注的问题。而木民谷的神奇之处就在于，它让这样一群心事重重的小生灵，在面临困境的时候，表现出了你完全意想不到的另一面。

　　在海上孤岛生活，食物快要吃完的时候，木民爸爸却用大米和绿色碎玻璃为木民妈妈做了一条"宝石腰带"；在岛上刚刚遭受了一场大风暴的袭击之后，木民一家却为灯塔看守人举行了一场生日晚会；在格罗克身上的寒气要将小岛冻结的时候，小木民矮子精却像一个真正的朋友那样出现在它身边，给它带来了快乐……

　　这种在困苦中作乐、甚至是在灾难中游戏的乐观态度，也同样出现在木民谷的其他故事中：在魔法师的帽子让整个木民家陷没在茂密的植物藤蔓之中的时候，他们却在忙着烧烤那条美味的大鱼；在

山洪暴发，将整个木民谷淹在水中的时候，木民一家却在一个漂在水面的舞台上排练"悲剧"；在彗星即将毁灭地球的时候，小木民矮子精却在想一个让他感觉更加不安的重要问题——给他心爱的小女友送一件什么样的礼物才好。也正是这种贯穿始终的乐观，让每一个孩子在听故事的时候，都能发出会心的笑声；也让习惯了在一大堆细微琐事中奔忙劳碌的大人们惊讶地发现，生活原来可以如此从容地度过。

生活就像一条河，在河里，有的人把船驾得很慢，有的人却驾得很快，有的人还翻了船……

在十一月的木民谷里，赫木伦说出的这句话，仿佛也是向我们提出的一个疑问——你是在河里把船驾得很慢，还是很快的那一个呢？如果，在生活的河流里，你不得不驾驶一条飞艇逆流而上的话，那么，至少在扬松的梦幻之河里，你可以选择乘一条轻盈的小舟或者一个简单的木筏，然后，慢悠悠地顺流而下，直至寻找到一个属于你自己的温暖港湾……

---

① 现译为"姆咪"。
② 本文写于 2004 年 7 月 8 日。

"大盗贼" 系列

〔德〕奥得弗雷德·普鲁士勒 / 著

程玮 / 译

二十一世纪出版社

有一种职业叫盗贼

工作是一种你每天非做不可的事情，就像吃饭、睡觉、上厕所。秘书的工作是接电话；清洁工的工作是扫地；司机的工作是开车；老师的工作是上课（当然，对那些不会翘课的学生来说，上课也是他们的工作）……可如果你选择了盗贼这种工作，你就必须做好每天吃苦头的准备了，因为不是总有金子等你去偷，但却总会有警察在你周围转悠，因为他们的工作就是抓住你。

大盗霍震波^①并不是不想转业，他这个人也许本来就是入错了行，因为他既不心狠，也不手辣，从来没杀过人，也从来没偷到过一件像样的值钱货，还常常遭到两个半大淘气包的捉弄和羞辱……可俗话说得好，"干一行，爱一行"，霍震波也是本着这分敬业精神，一直坚持在自己的工作岗位上——虽然干不了抢银行、劫火车之类轰轰烈烈的大事业，可去欺负一下年迈眼花的老奶奶，吃掉几顿属于别人的晚饭，那种平常工作对这个身带七把短刀的汉子来说，还是游刃有余的。而且他还很有些商业头脑，懂得要利用身边一切可利用资源的硬道理。所以，他在逮住了卡斯帕尔和佐培尔②这两个搅得他心神不安的小机灵鬼之后，也没有像其他那些不会算账的傻盗贼一样，做出些鲁莽的行径来伤害自己的俘虏；而是以物易物，用卡斯帕尔做了一笔和魔法师交换上等鼻烟的好买卖，又让佐培尔来做仆人，省下了好大一笔请钟点工帮他打扫房子的费用。

　　霍震波不可谓不聪明，不可谓不会算账吧？可有时候，命运就是这么不公平，聪明反被聪明误，算小账反而会吃大亏。所以做盗贼绝不是那么简单的！霍震波直到自己被魔法师从美梦中提溜起来，又变成小灰雀的一刻，也没能弄明白，自己究竟是哪儿做错了。可能就是因为没明白，他输得有些不甘心，所以在第一本书里被捉住了之后，又在第二本里逃了出来，然后又被捉住，再然后又在第三本书里故伎重演……

　　还是俗话说得好，"当局者迷，旁观者清。"所有想从事盗贼这份看上去很神气的自由职业的朋友们，都应该看看霍震波老爷是怎么一次又一次地栽在自己那馋嘴又喜欢贪小便宜的恶习上的，以吸取教训，不再重蹈他的覆辙！同样，所有想抓住一两个盗贼，并因此得到奶奶的鲜奶油李子脯蛋糕做奖励的小淘气们，也应该好好看看这个"大盗贼"三部曲。这个又滑稽又刺激的故事啊，保证你看了以后，会觉得比吃了蛋糕还要开心！每天的工作都这么乏味无聊，我的天，幸亏这个世界上啊，还有一种职业叫盗贼。

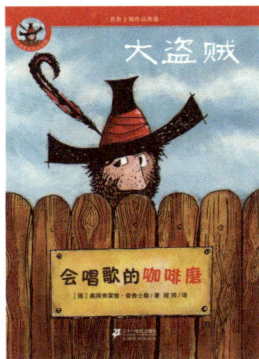

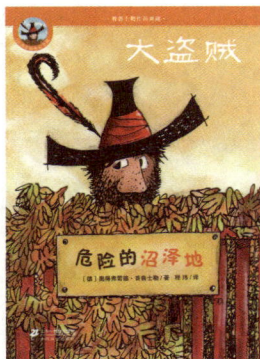

① 现译为"霍琛"。（编者注）
② 现译为"卡斯佩尔"和"赛伯尔"。（编者注）

89

《随风而来的玛丽阿姨》
〔英〕P.L. 特拉芙斯／著
任溶溶／译
明天出版社

飘在风中的故事

那是一九八六年一个吹着微微东南风的初夏，我坐在三楼的阳台上，翻着一本从邻居家借来的童话书。书页上有些发黄的水渍，可书里的画儿还是很清楚，有些地方还被我邻家的那个小妹妹涂上了黄黄绿绿的颜色。弟弟在我身边，用一瓶糨糊和信纸做着他的"小马褂"风筝。他做了一会儿，两手沾满了糨糊，就凑上来问："什么好看的东西啊？"于是，我开始给他读那本书里的故事：两个孩子正在放一只风筝，然后，随着一阵风，一个奇怪的阿姨就拉着他们的风筝线来到了地面……这个下午，风一直在吹，就好像它也想听完这个好玩的故事一样。可这个故事我没有讲完，因为书的最后几页不在了，又过了许久，等我终于有了一本完整的《玛丽·波平斯阿姨回来了》①的时候，

90

却再没有一个双手沾满黏乎乎的糨糊的孩子来听我讲故事了，因为弟弟去上学了……

我在此后的日子里反复地看这本书，或许也是因为迈克尔和简就像弟弟和我。迈克尔总是有一些古怪的念头，而简表面上是个"乖乖女"，其实比谁都渴望冒险和奇遇……这是两个再普通不过的小孩子，却也是两个不被理解、倍感孤独的小孩子。在这两个孩子就要和所有的孩子一样，无聊、沉闷、心灰意懒地度过自己没有奇迹的童年，然后走入一个再也不相信会有奇迹的成年时，她，忽然就随着一阵风，出现在他们的眼前。

这个世界上，有一种人，只要他（她）一出现，不论做什么，不论说什么，都会让你的心跳加快，只想歌唱，只想微笑，只感到一阵无法形容的快乐和满足。他们也和我们过着一样的生活，但他们总是能让我们从另外一个角度，发现生活里无穷无尽的惊喜。这样的人，如果是你的老师，那你就是这世界上最幸运的学生；如果是你的朋友，那你这一生都不会再感觉寂寞；如果是每天和你住在一起，清晨来叫你起床，夜晚讲故事哄你睡觉，每时每刻都在关心你、呵护你的那个人……啊，我想即使天空中所有的星星，都落在樱桃树胡同17号的屋顶上，简和迈克尔也不会感觉更惊讶了，因为他们已经有了一个童话里所能有的最了不起的奇迹，那个奇迹就是你——玛丽阿姨。

看着玛丽阿姨从毯子手提袋里，取出一件又一件稀奇古怪的小东西：药瓶、指南针、温度计、卷尺……是多么令人愉快的事情！和玛丽阿姨一起推着摇篮车，走在街道上、公园里，说不准什么时候，就会遇上一个卖气球的或是卖糖棍的老太太，于是平平淡淡的一天就充满了色彩和声音！即使到了不得不上床睡觉的时间，只要你在白天许过一个心愿，那么就跟随着玛丽阿姨在深夜悄悄地醒来吧，它一定会在午夜的星空下，在悠长的钟声里，以某种最奇特的方式实现！

然而，这个没有一丝阴影，满是异想天开的童话，却让我每每读起它的时候，感到一种淡淡的忧郁。为什么即使在最美好的聚会上，玛丽阿姨，你也不愿意露出一个灿然的笑脸？为什么你讲述的每一个故事都有着快乐美好的结局，却还是让听故事的人不禁发出一声轻叹？为什么你每次都无缘由地到来，又无缘由地离开？你难道不知道，你带来的幸福越多，带去的想念也就越多？你啊你，你对一切都了然于胸，可你还是走了……就像一个人不论怎样留恋自己的孩提时光，终究还是要走出自己的家，要离开最亲密的人，要学会——自己长大。

我来自大海和它的潮水，我来自天空和它的星星，我来自太阳和它的光亮……

每个来自童话世界的孩子，最后都要回到现实的世界里。我们必须这样做，即使心中有万千的不舍，因为生活就是如此，没有永远不散的聚会，也没有永远不变的乐园。但是如果我们没有忘记，没有忘记那些胡思乱想的乐趣，没有忘记那些自由奔跑的快意，没有忘记那些全心全意去爱一个人、一件事的甜蜜……那么，玛丽阿姨就一定还会回来，她会和风一起飘啊飘，带着她的鹦鹉头伞，穿着她的银扣子大衣，出现在你最意想不到的地方——她是一切已经改变了的人和事物中，唯一不变的那一个。因为她知道，每个飘在风中的故事，最后都要回到纸页上，等待再被一双小小的手儿翻开。

---

① 《随风而来的玛丽阿姨》的续集。（编者注）

《直到花豆煮熟》
〔日〕安房直子/著
〔日〕味户贵子/绘 彭懿/译
接力出版社

春天的一个短梦

　　春天的书架上，总是要增加一些新书的，就像春天的树枝上，总是要冒出一些新芽。于是，那个叫小夜的女孩，就和柳树上淡绿色的嫩芽儿一样，在一夜的细雨后，静悄悄地来到了我的身边。

　　小夜，小夜……这个名字读起来就是这样的温柔、神秘，而又带着一丝丝忧郁。莫名就让我想起，小川未明笔下的那个月夜，和那消失在月光里的白蝴蝶精灵；还有新美南吉的小狐狸，它在夜晚的灯火中独自走出森林，只想买一双小小的手套；卖火柴的小女孩在圣诞节的夜晚看着星星坠落；温蒂在暖暖的夜风中飞向蓝色的永无岛……在静谧的深夜，什么样的人都会出现，什么样的事都可能发生，因为，那正是做梦的时节。

小夜，就是这样一个与梦为伴的女孩。小夜没有妈妈，她的妈妈自始至终只出现在奶奶告诉她的故事，还有她一个人的想象里。小夜梦中的妈妈，是来自"一个要翻过许多座大山、梅花开得非常好看的村子"，那里是没有人类可以涉足的，只属于大山、天空、树木和精灵的世界。当小夜的奶奶一边煮着花豆，一边平静地诉说着小夜的爸爸妈妈如何在山路上相遇的故事，这个村子就浮现在那冉冉上升的白色蒸汽中；当小夜奔跑在山谷间的吊桥上，张开双臂的一瞬，这个村子就轻轻飘扬在白色百合花的清香里；当小夜在幽暗的树林里，和像她弟弟一样的小鬼怪娃子并肩赶路，这个村子就挂在弯弯细细的白色月牙儿上……

　　这是一个懂得如何在幻觉中寻找安慰的孩子。小夜没有哭过，即使她想到妈妈的离去，"胸口就会一阵发冷"，可她还是会认真地听着奶奶的话，相信那"一半是真的，一半不是"的故事，并对着她想象中的妈妈露出微笑：

变成风，变成风，我要变成山风！

　　但她并不是真的想要变成风，不，因为她太留恋这个喧嚣的尘世了——她喜欢追逐秋日阳光下嗖嗖飞舞的蜻蜓；她喜欢睡在洞穴一样的储藏室里，看家里人忙来忙去；她喜欢找爸爸要一块炸香菇，一边呼呼吹着一边吃；她喜欢背着箩筐，去暖洋洋的大山上采摘野菜；她喜欢收集丝带，那样滑滑的、有一股好闻味道的丝带，只是看上一眼，她的心就会突突跳个不停。

在梦与现实间，小夜不断地徘徊着。她不想长大，不想离开那个可以让她感到安全舒适的梦幻之乡，可她还是不得不长大。她可以对鬼怪娃子撒谎说自己只有八岁，然而当她再也看不到这个孩子出现的时候，她也只能用他说过的那句"我不能和十岁以上的孩子来往"，来给自己一个好梦不能成真的理由。她许诺要送给木兰树一根最漂亮的丝带，却又悄悄藏起了那条天鹅绒的绣花丝带。这或许并不完全是一个女孩子爱美的私心，而更是她为自己留下的一个借口，这样她才可以继续留在现实里，同时又相信自己看不见山姥的存在，只是因为她没有兑现那个美丽的承诺。

"对不起了，山姥。"小夜对着天空轻轻地说道。这句对不起，却仿佛更像一个道别。从煮花豆的香味中开始的一个短梦，就这样静悄悄地飘远了，因为小夜有了新的妈妈、新的生活。她的新妈妈在厨房里煮的也不再是花豆，而是放了鸡肉、栗子和蘑菇的奶汁烤菜。

看到这个结尾的时候，我忽然想起自己八岁那一年，在搬家之前，望着老房子的窗口，那种奇怪的黯然心情。照理说，搬进新家，开始一种全新的生活，本来应该觉得喜悦的，可我偏就高兴不起来。也许，就是在那时，我第一次懂得了，人生中没有什么是永恒不变的——灰色墙壁上的涂鸦、木头窗框上的雨痕、窗外的那棵葡萄藤，这一切，都像是有生命的精灵，可我却无法把它们带走。有些东西，一旦失去，就永远不会再次出现在我们面前。于是，有的人，选择了忘记，有的人，却选择了把它一直留在自己的心里——人的心，其实就如同生活在泥土中的萤火虫，即使没有人看得见，它也总要为自己留一盏灯，那小小的、微弱的光亮，就叫作"幻想"。

在我的心中，有一片我想把它称为"童话森林"的小小的地方……那片森林，一片漆黑，总是有风呼呼地吹过。不过，像月光似的，常常会有微弱的光照进来……

安房直子之所以与众不同，是因为她没有将那些光亮一直留在心里，而是敞开了心闸，把它们放飞到了那永远吹动着山林之风的故事里。只有已经不再是孩子的人，才会懂得她描写的孩子；也只有已经长大的小夜，才明白"直到花豆煮熟"意味着什么。

当我提笔记录这篇文字的时候，春天还在：一群春游归来的孩子，正一个牵着另一个的衣襟，走在毛茸茸的水杉树下……然而，当又一个和暖的日头升起，又一阵淡淡的西南风吹过，夏天的浓荫会片片袭来，代替春日的柳烟花絮，之后，就是秋雾与冬雪；那水杉树下的孩子，也就在四季的轮回之间，改变了模样。只是到那时，他们还会不会记得走在春光里的这一刻呢？他们又会不会和小夜一样，仍然相信，自己可以变成自由的山风？

春天是短暂的，所以，才更应当被珍惜。梦终究要醒来，所以，才更不该被忘记。

《花香小镇》
〔日〕安房直子 / 著
彭懿 / 译
少年儿童出版社

心弦奏响的一刻

数不清的橘黄色的自行车，这会儿，正在朝天上飞去。

飘呀飘呀，就宛如是被刮上天去的无数个气球。

"喂——"

信喊了起来。

"到哪里去啊？"

这段文字乍看上去似乎只是一个少年遇上花精的《聊斋志异》式的故事，可实际上却是一个年轻人即将长大的无奈的心路历程。如果你也曾经和文中的主人公——信一样，是一个敏感而怀旧的少年，你就会了解，在一个秋天的黄昏，独自行进在一条车水马龙的大街上，是怎样一种寂寞的感受。屠格涅夫曾经在《树林和草原》中说起，秋天，是一个属于回忆的季节；而在中国古典的唐诗宋词中，秋天也一直被笼罩在一种奇异的离愁别绪之中，正是这样一个特别的季节，赋予了这个弥漫着淡淡忧伤的故事一种强烈的象征意味。

妹妹生病住院的日子。

隔壁的裕子搬到很远很远的地方去的日子。

头一次会骑自行车的开心的日子。

在原野上捡到一只小猫的日子。

不管哪一天，都是秋天开始的日子。然后，信心里的那把小提琴就奏响了。

秋天，在这里成了一根细线，将人生中所有失意与如意的片段串联在了一起，而在这根线的尽头，就是那一句"结束了……"。是什么结束了？天真烂漫的童年时光，绚烂多姿的少年花季，还是可以骑着自行车无忧无虑地去追逐风的自由岁月？当美好的往昔成了一支已经结束的歌曲时，我们又该如何面对长大了的自己？

其实，安房直子在文中已经给了我们一个答案——通过少女的口说出的一句话：

不论是谁，每一个人心中都有一把小提琴。

这正是安房直子要告诉我们的——记忆，就是我们心中的那一把小提琴，即使秋天已经开始，一年即将走入结尾，我们也不必忧虑，因为，奏响美妙旋律的提琴是在我们的心中。只要心中的小提琴没有失去，谁又能够夺走萦绕在我们心中的音乐和芬芳？当信看着远去的少女们，感到她们获得了自由的时候，其实，他的心也和飞舞的丹桂花一样，终于自由了……

《给幸运儿讲的故事》

〔法〕贝阿特丽·白克／著

刘芳／译

北京出版社

给幸运儿讲的故事

已经是一年中的最后一个月了，水暖片里升起的蒸汽，给窗玻璃蒙上了一层白色的雾衣……

"孩子啊，你要我每天给你说一个新的故事，可是今天我真的累了，想不出新的故事了。让我们坐在一起，暖着彼此的手，回忆一个从前说过的老故事吧，好吗？"

"嗯，那么，再给我讲一讲那个公主的故事吧。"

"哪个公主？"

"就是那位爱哭的公主呀——她让自己的头发变成了森林，让自己的声音变成了鸟儿……"

"是她？你为什么想听这个故事呢？已经很久了……我都快要把

她忘记了。"

"因为这是你给我讲过的第一个故事呀。你说，如果小时候就有人告诉你这个故事的话，你就不会流那么多的眼泪了！"

"哦，那好吧，让我仔细想想吧——从哪儿开始的呢？'从前……'"

……

从前，有一个厌世的公主，在一个寒冷的冬天，她望着窗外无雪的城市，感到一种被这个世界抛弃了似的绝望。在她的头脑里，有一个幻想，她希望自己的声音可以变成飞鸟，让整个世界的孩子都能听见她的悲伤……

后来，她长大了。

再后来，她在一本书里实现了自己的愿望。

但是，这时的她，已经不再想述说自己的悲伤了，相反，她只想述说自己的幸福和快乐——也许，只有真正懂得了痛苦的人，才会知道能够平淡地生活是一件多么幸运的事。

而她，这个曾经厌世的公主，如果不是离开了那座没有痛苦的宫殿，也就永远不会知道什么是快乐，什么是幸运了。

她给自己的故事起了一个名字：给幸运儿讲的故事。因为她就是这样一个幸运儿，而能够明白她故事中含意的孩子，也一定是个幸运的孩子。

或者，至少她希望他们能够比自己更幸运。

……

"那些孩子中的一个就是你，对吗？"

"是的，我很幸运。虽然读到这个故事的时候，我已经长大了，但是在这样一本童话书的世界里，我却可以永远做孩子——就像阿芙琳在空心树里那样，听微风的悄悄话；或者，和握着月光宝剑的伏丽西一起，住在羽翼构成的屋顶下，看花钟静静地开放……"

"做一个孩子是很幸运的事情吗？"

"难道不是吗？"

"如果没有新的故事可听，也许就不是那么幸运了……"

"哎呀呀，你这个调皮的小家伙！难道你听过的故事还不够多吗？"

"啊，不够，永远不够，永远永远不够……"

"只有一个幸运儿才会这样贪得无厌吧？哦，孩子，饶了我吧，我已经老了，没有那么多的梦可以说给你听了。可是你还年轻，要记住啊，在你还有梦想的时候，不要让它们溜走了，否则等到将来你有了自己的孩子，就会没有新的故事可以讲给他听了……"

"嗯，我知道了，不过你也要记得啊，记住你做过的每一个梦呀。不然，到了我来找你的时候，你就会没有故事讲给我听了……"

"咦，孩子，你要去哪里呀？孩子……"

"再见了，我会再来的，不过，那是许多年以后了……"

……

窗户上的雾气，渐渐地散了。我睁开双眼，那个孩子已经不见了，可是我好像还能看见那红扑扑的笑脸和那双黑眼睛里闪烁的光亮，我是在做梦吗？这仅仅是一个梦吗？

即使这仅仅是一个梦，也是一个幸运的梦啊，因为我终于有了一个新的故事，可以说给你听了，我梦中的、只属于未来的幸运儿啊。

可是，此时此刻，从我窗外走过的孩子们，在寒冷的冬季，在水蒸气给窗玻璃蒙上一层白色雾衣的时候，谁会来为你们说一个温暖的故事呢？

《鬼怪森林》
〔保加利亚〕卓尔克·恩维 / 著
漪然 / 译
二十一世纪出版社

与鬼怪同行

　　如果你还没有和安妮一起去过鬼怪森林，你也许会问，这个地方在哪儿？它究竟有多大？它为什么叫鬼怪森林？难道住在这森林里的都是鬼怪吗？

　　我想，安妮会这样告诉你：

　　——这个地方在哪儿？

　　——这个地方，并不在某个固定的地点，它会出现在你需要它出现的地方。你也可以说，它就存在于你的心里、梦里，但这个世界又有它自己的规律，比你心里的梦想更神奇。

——它究竟有多大？

　　——它可以说是一个大世界的小缩影。所以我们的世界有多大，它就有多大。同时它又很小，因为它是由一些小小的角落构成的游戏王国。不过，即使在故事的一开始，我们就已经看到了鬼怪森林的地图，还是永远无法预测下一步会走到哪里。就像在地图上很不起眼的一个蚁丘，只有在你走进去之后，才会惊异地发现它是一个多么辽阔而复杂的世界。

　　——它为什么叫鬼怪森林？难道住在这森林里的都是鬼怪吗？

　　——其实，你只要仔细回想一下，在你的梦境里，不是也常常会出现一些你叫不上名字、甚至看不清模样的魅影吗？这些深藏在我们内心的东西，不会因为被我们遗忘就消失，这就是鬼怪的由来。而鬼怪森林，其实就是替我们保管着这些被忘却了的记忆的森林。

　　但是，如果不是因为自己的坏脾气，安妮可能永远也不会进入鬼怪森林，也就永远不会知道她刚刚告诉你的这一切事情了。因为这个森林，只会在"有些事情出了错"的时候，才敞开它的入口，迎接从外面世界来的客人。这不能不令我想到，我亲爱的爸爸曾经说过："没跌倒过的小孩子就不会知道怎么爬起来！"现在的马路都修得很平了，又有了汽车、飞机这样的代步工具，我想，以后的孩子是越来越不可能有机会在现实世界里练摔跤了。幸好，我们还有一个可以让你跌倒无数次，再无数次爬起来的地方——鬼怪森林。

恩维是一个哲学家，在他的故事里，几乎每一章都含有一个哲思、一种睿智，却又是以一些极为幽默的形式表现出来。在海诺制造这架机器上，我们可以看到一个披着合理化外衣的冷酷的商业社会；在蚂蚁王国里，虽然我们看到的是一个"微缩世界"，但还是不能不为它的似曾相识而感觉到灵魂的震颤；朱丝苔·蒂娃虽然仅仅在书中的一章露过面，可她对小精灵说的那番话，却道出了一切艺术中蕴藏的真谛；鹰巢里的猜谜游戏，是我一边笑着一边译完的，笑过之后却又想了很久——那个"聪明的吃掉愚蠢的"逻辑；还有那两个头脑空空的小鹰：已经忘记了怎么飞行，只知道依靠计算机来思考问题……这世界，和我的世界是多么不同，可又是多么贴近啊！

正是在这样一个地方，一个暴躁、任性、自私的小孩子——安妮，学会了一件十分简单、而她却从来不懂的事情——怎么去爱。

她不是从老师那里学来的，而是从鬼怪那里找到了那一把开启自己心门的钥匙。这种事情听来很荒谬，但事实如此，就和我们的生活一样真实。的确，刺猬老爹、朱丝苔·蒂娃、猫头鹰夫人、蚂蚁女皇，都以自己的方式，教会了安妮一些东西，但正是在面对鬼怪的时候，也可以说，面对自己的时候，小小的红儿①才真的懂得了：一点爱和恨，会给整个世界带来多么巨大的改变。也正是在这一刻，她才真的成熟了。

这是一次真正的成长。有很多人，虽然已经生活了许多许多年，但仍然不懂得鬼怪森林教给安妮的那些东西。他们外表是个大人了，心灵上，却仍然是个侏儒。

安妮最后向着永恒变化之火的一跳，不知为什么，竟让我想起了凤凰涅槃。没有破坏，也就没有创造；凤凰在火焰里重生，所以这世间永远只存在一只凤凰，这只凤凰永远有一个崭新的灵魂。只有当你还在成长，还在变化，还在不断有所创造的时候，你才配称得上是——一个孩子。

鬼怪森林的旅行结束了。

这么快就结束了？

啊，不，安妮！也许，这仅仅是另一段旅程的开始。我们还有许多事要做，还有许多东西要学啊……再次出发吧，就让我们与鬼怪同行！

---

① "红儿"是安妮的另一个名字。（编者注）

《花朵的故事》
〔美〕路易莎·梅·奥尔科特／著
CreateSpace Independent Publishing Platform／出版

听花朵唱一首歌

醒来！醒来！去触摸盛开的花儿下面

　　隐藏着的夏日微风。

让紫罗兰睁开温柔的蓝眼睛，

　　把睡梦中的玫瑰唤醒。

它们在纤细的花茎上轻轻摇摆，

　　柔柔、香香、甜甜……

这是一个十六岁女孩，在一个清晨写下的诗歌，后来，她将这首小诗写进了一个童话故事里，让一群小精灵做她的倾听者。于是，这个金灿灿的早晨就像一片随风飘过的花瓣一样，被这个细心的女孩子留在了她的书页之间，这本书，就是路易莎·奥尔科特的《花朵的故事》（**Flower Fables**）。

所有的小女孩几乎都有过美丽的梦，在梦里，她们相信仙子和魔法；在梦里，她们可以感觉到一切微小生命中蕴含的巨大奥秘。可并不是所有的小女孩都能记住这些梦。而这位和男孩子一样倔强好动的小路易莎，虽然是在一个贫困的家庭里长大，她自学成才的父亲布郎逊·奥尔科特却教给了她如何去留住自己的梦想，而这个神奇的魔法就是：写作。

路易莎的童年，没有玩具的陪伴，也没有钱去买自己喜欢的书来看，然而，在她生活的地方，大自然的赐予却无处不在。在这个农家小女孩的眼中，野玫瑰、风铃草、雏菊、紫罗兰、风信子、木犀草、百合、苜蓿花……无一不是富于个性和灵气的生命。它们会受伤害，也懂得感激；它们有的温柔，有的活泼，却全都那么天真和单纯，就像正处在十六岁花季的少女们一样。而那些只有她才能看见的小小精灵，在云端、在浪尖、在树梢、在花间，也都像和她朝夕相处的姐妹们一样，会用最平凡的草茎、野花编织出最可爱的饰物。儿时的她几乎每天都要在做完家务后，钻到"果园小屋"的小阁楼里，用姐姐们送她的小笔记本，去写下她心中那些奇妙的景象。傍晚，忙碌了一整天的家长就会坐在谷仓里观看孩子们自编自演的话剧。每逢这一刻，他们都会露出满意的笑容。

就这样，她渐渐长大，并写出了许多速写、短篇小说、诗歌和剧作。

十六岁时，她完成了自己平生第一本书：《花朵的故事》。也正是在这个时期，她认识了一群"先验论"学者们。这些如她父亲般和善而慈祥的长者，无微不至地关怀着她。这个沉浸在幸福中的女孩，几乎每天可以到爱默生家的书房中尽情地翻阅各种书籍，也经常由梭罗叔叔陪着到湖边去散步。因此在《花朵的故事》的扉页上出现爱默生的一句诗歌，也就并不奇怪了。

作为一个十六岁女孩写的书，《花朵的故事》的确缺乏一些深广的思索，其写作手法也远没有路易莎后来的成名作《小妇人》（*Little Women*）成熟老练。可是，作为一本童话集，它的单纯唯美、清新典雅，却是极其罕见的，甚至可以说，是以花朵为主题的幻想作品里的一次"绝唱"。这个借鉴了《十日谈》（*The Decameron*）的嵌套结构的故事，发生在一个"凡人看不见的地方"，在那儿，"精灵们正在起舞"，"带露的树叶下，萤火虫举起的串串灯笼，正随清凉的夜风起伏"。这时，精灵女王要每个精灵轮流为大家讲述一个故事，以度过如此美妙的良宵月夜。

《冰霜国王》就是由精灵们讲述的第一个故事，也是最令人难忘的一个故事。它的情节让我想起"小海蒂"，同样是一个善良的女孩和一个冷漠的老人，同样是爱的温暖最终融化了封闭的心灵。只是在

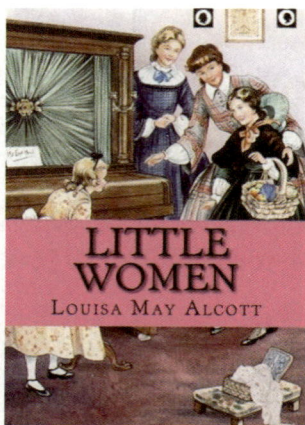

这里，一切内心的悄然改变都幻化为一幅幅大自然中的奇妙图像。冰霜国王的堡垒本来的样子是："灰白色的坚硬冰柱支撑着一个高大的弓形屋顶，屋檐上挂满了水晶一样的冰凌。死寂的花园环绕在这宫殿周围，那里全是凋零了的花儿，还有耷拉着枯枝的树木……"可当他内心的冰雪，在小紫罗兰身上散发出的金色光辉中渐渐消融的时候，这一切就完全变了样："粗糙的地板上盖满了浓绿的苔草，挂着花蕾的藤蔓爬上了墙壁和房顶，空气中四散着它们甜蜜的气息。清澈明朗的光线中，闪烁的露珠在芬芳的绿叶上投下粉红的影子。"而当他终于接过小紫罗兰编织的百合花王冠的一刻，一个崭新的春天，也就来到了所有人的身边。

接下去的每个故事，几乎都从不同的角度向我打开了一面映射着大自然之美的魔镜。《小蓟绒和小百合》让我在寻找精灵的宝物时，也漫游了蜜蜂飞舞的原野和蜻蜓掠过的池塘，窥见了秋日黄昏那紫色的天穹和海底沙砾上银色的阳光碎影；《小花蕾》带我聆听春日的鸟鸣，乘着金色蝴蝶飞过草原和树林；在《芮波儿的故事》里，一年四季都是美丽的仙人，春天"带着微笑向这儿飞来，阳光和微风在前面为她引路，她洁白的长袍上缀满了花朵，头发上还戴着一圈圈花环"，而夏天则是"一个优美的身影，穿着飘扬在风中的翠绿袍子……头戴的金冠发出奇异的光辉，把大地照耀得又温暖又明亮"。

欣赏这些写在花瓣上的故事，你不需要去留意那并不曲折的情节，也不用去牢记那并不深奥的寓意，花朵只是为了美丽而盛开，而美本身就是引领我们通往纯洁内心的桥梁。那些如晨露一般晶莹的诗句，只是一个十六岁女孩对生活的感悟与赞美，她看见了这个世界上最美丽的风景，她用自己的方式为我们留下了这些风景。

　　每一朵花都有自己的名字，如果你知道这一点，大自然就不会再离得那么遥远；每一个季节都有不同的魅力，如果你懂得这一点，生活就不会再显得那么平淡。如果你也相信，这世界的每个角落都有精灵在悄悄温暖孩子们的梦境，就让我们一起，来听花朵唱一首歌吧。

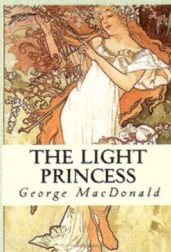

《轻轻公主》
〔英〕乔治·麦克唐纳／著
CreateSpace Independent Publishing Platform／出版

真爱的重力

我们的生活不是梦境；

但它应当，也许就会成为梦中的世界。

德国哲学家诗人诺瓦利斯说过的这句话，是乔治·麦克唐纳最喜欢的一句话。

这位造梦大师，总是可以用那些抽象的、不可捉摸的元素，构建出一个亦真亦幻、跨越梦与现实的世界。是他让我们看见了北风背后的草原和天空，也是他将人类内心的光明和黑暗都变成了他童话里的角色。而一位看过麦克唐纳所有作品的女孩，却告诉我，她最喜欢的一个麦克唐纳笔下的童话角色，是"轻轻公主"。

轻轻公主，在她诞生的一刻，几乎所有古典童话中的公主都黯然失色。

这是一个表面上对什么都满不在乎的女孩。她从出生的一刻就受到仇恨的诅咒，失去了自己的重量，整天只能像太空人一样飘浮在王宫的天花板底下。可她那被注定了的与众不同，似乎并没有影响她无忧无虑地过着一个公主应该享有的快乐生活。不论是被仆人们当作皮球一样抛来抛去，还是不得不在手里抓上石头或是癞蛤蟆才能一跳一蹦地奔跑，她对自己的处境永远只有一个反应，那就是：笑。可这不是幸福的微笑，而是一种"少了一些什么"的近乎"哀婉"的大笑。正是这笑声，让我们发现了这个女孩子的一个秘密：她不会哭。

我不知道，麦克唐纳是怎样把一个人的重量和眼泪联想到一起的，也许，当我们心里有些感觉只能用沉重来形容的时候，我们的眼里就会有泪吧。所以林清玄才感叹道："爱过才知情重，醉后方知酒浓。"轻轻公主在失去她的重量时，也失去了这些可贵的感觉，自然地，她也就失去了流泪的能力。如果说，安徒生的小美人鱼是活在试图获得爱情的渴望里，麦克唐纳的轻轻公主就是活在连爱是什么都不知道的茫然里，二者都是同样的孤独。

麦克唐纳的作品之所以能影响几代欧美幻想文学作者，有一多半是因为：在他的世界里，人性，一直就是被关注的中心。公主落入湖中的情节，是作者刻画得最为细致的部分，当她在湖水中找到自己的重量的一瞬间，她也发现了一个新的自我。

"哦！要是我有重力，"她想，凝视着湖水，"我就可以像一只白色的海鸟一样从阳台上一下子跃出去，一头扎进那可爱的水中。嗨哦！"

这是她第一次有了一个愿望，而能够实现她这个小小心愿的人，如同所有童话故事里告诉我们的，只能是那个可以解除诅咒的王子。可他一登场就让读者大失所望，他既没有挥着宝剑去屠杀女巫，也没有跳进刀山火海去取解咒的魔法药水，他甚至连亲吻一下公主的勇气都没有。他做了些什么呢？只是在她开心的时候，陪她一起玩水；在她不开心的时候，给她擦擦鞋子……

麦克唐纳为什么要让他的王子以这样的面貌出现呢？也许，他只是想证明一点：爱一个人，是没有什么理由的。如果雨水落在大地上也需要一个理由，那么生命在诞生之前就已经枯萎了。

在他的另一个中篇童话《白昼男孩和夜女孩》(*The Day Boy and The Night Girl*) 中，如初生婴儿般天真的幽夜，也不为什么就爱上了自己第一次见到的光芒。"黑夜给了我黑色的眼睛，我却

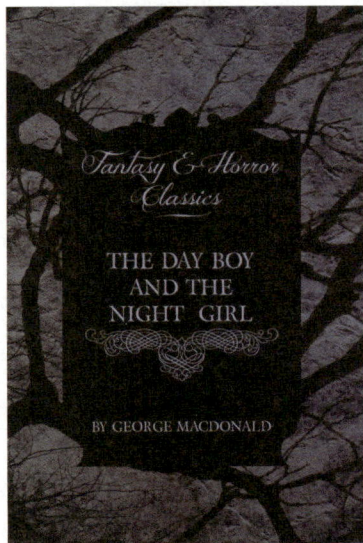

用它寻找光明。"即使是两个性情、喜好如白昼和夜晚一样截然相反的人，也可以彼此理解，并结合为和谐的一体。这，也就是麦克唐纳的理想。他始终相信，充满情感的心灵，就是打开整个世界及人生的钥匙——"那些无形的事物，比有形的事物离我们更近些。"所以他才借王子的声音，对每一个和轻轻公主一样、不曾为爱流过泪的人儿唱道：

就如世界没有井眼
森林幽谷了无阳光；
就如世界没有光芒
潺潺小河不再流淌；
就如世界没有希望
浩瀚海洋失去波浪；
就如世界再无雨天
晴朗平原一片空旷——
如果你心中不再有爱流淌，
我的心啊，你的世界就会变成这样。

我曾经问那个喜欢轻轻公主的女孩："为什么你特别喜欢那些公主和王子的故事呢？"她想了一会儿，很认真地答道："因为，在这些故事里，爱和被爱的人总是可以得到幸福。"这回答，或许就是轻轻公主最终赢得了重力，也赢得了无数读者共鸣的关键所在吧。当她爱着一个人的时候，她就不再是一个被诅咒的公主，而只不过是一个普普通通的、想要一个幸福结局的小女孩。而这个女孩，和你我并没有什么不同。

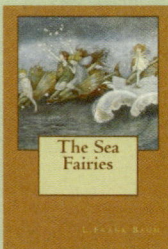

《海精灵》

〔美〕弗兰克·鲍姆／著

CreateSpace Independent Publishing Platform／出版

水波深处的梦

海洋对我来说，一直就是一片真正的奇幻仙境，只不过它看得见，也摸得着。

——《海精灵》引言

似乎不分古今中外，爱做梦的人，也都同样地爱着海。安徒生的海，是纯洁无瑕的，蓝得就像一片矢车菊花瓣；斯蒂文森的海，是惊险刺激的，海平线上高高飘扬着黑色的骷髅旗；亚历山大·格林的海，是妩媚清新的，和少女的眸子一样充满希冀；扬松的海，是悠然沉静的，一片白色的泡沫中折射出月光下的淡影；冰心的海，是博大无边的，就如同母亲那宽广仁慈的胸怀……

海，可以说是被太多美好的文学作品写绝了，写尽了，可弗兰克·鲍姆，这个脑子里总是充满了古怪想法的大孩子，却在他的 OZ 国系列童话大获成功的一刻，选择了离开幸福的翡翠城，而把目光投向了那无边无际、神秘莫测的海底世界。

他心中的海，又是怎样的呢？

啊，我真的找不到一个合适的字眼来形容它，因为它实在是包罗万象、无奇不有。放眼眺望，几乎每个角落里，都有一些与众不同的生物在游来荡去。有的"圆圆的像个碟子，柔软而透明，带着画家都调配不出来的色调。一些是深深的宝石蓝，另一些是玫瑰粉；还有一些是柔和的水晶黄"；有的"就像明亮夜空中的星星，只是这里蓝色的天堂换作了白色的沙滩，闪亮的钻石星辰换作了五颜六色的海星"；还有的"宽大的翅膀上溅满绚烂的色彩……游起来就像蝴蝶一样，上下飞舞"。这片海，就仿佛是一个带着睿智的微笑，在无数道华丽的霓虹灯光下给我们打开魔术帽子的大法师——你虽然明知道，这里的一切都是幻象，却还是不由自主地被他所吸引，心甘情愿地把自己手里的玫瑰花交给他，然后笑呵呵地看着它变成一只鹦鹉或是一只白鸽，飞走了。

而这个梦境中最独特的、拨动人心的魅力，来自鲍姆塑造的那一个个栩栩如生的童话形象。不仅是特洛特、比尔船长、美人鱼这些透着海风般纯朴气息的主人公，就连那些一晃而过的小角色——毛手毛脚的龙虾、自负的鳕鱼、爱开玩笑的小丑蟹、好斗的海豹酋长、盲目向往天堂的马鲛鱼、只管押韵不管其他的说唱藤壶、为自己被比作骗子公司而嚎啕大哭的章鱼，也全都让我有一种似曾相识的亲切感。可最令我难忘的，还是那个奇怪的小仆人——萨克。他本来是一个王子，后来遇上了一场海难，可惜，救了他的并不是什么人鱼公主，而是那个邪恶的大巫师佐戈。于是，他成了佐戈的随从，并在巫师抓住美人鱼的时候，见到了天真的小女孩特洛特——

"你也恨佐戈吗？"特洛特问道。

"哦，不恨，"男孩回答道，"人们为恨别人丢掉太多时间了，这一点都没意思。佐戈也许是可恨的，但是我不打算浪费时间去恨他。如果你愿意，你也可以这么做。"

萨克的回答让特洛特十分吃惊，却让我想起了一位酷爱哲学的朋友，他的处世观也正和萨克一样：

时间赋予我们是为了获得幸福的，没有别的原因，我们浪费了时间，就浪费了幸福。

萨克正是用这样的理由，拒绝了帮助美人鱼逃离佐戈的魔掌，因为在他看来，这也是在"浪费时间"。在一般作者的笔下，这个孩子毫无疑问应该好好接受美人鱼的教育，向特洛特学习，重新做一个懂得区分正义和邪恶的"正常人"。可是，鲍姆却没有这样做，不仅没有这样做，他还让这个孩子在佐戈死后，成为大家拥戴的对象。当佐戈从海上救下的那些人要求萨克做他们的国王时，这个小王子再一次语出惊人：

"但是我不想成为国王，"萨克回答道，"国王不过是发号施令，让别人去干事，而自己无事可做的人。我想要更忙碌、更充实一些。不管谁成为国王都需要一个好的随从、好的侍官，帮他监督自己的命令是否被遵守。我想继续做这样的工作，就像以前为佐戈做的一样。"

"那么谁有这个时间来领导我们啊？"金匠阿嘎·高鲁问道。

"我觉得乔船长才是国王的适合人选，"萨克说道，"他以前的工作是帮佐戈的外套钉纽扣，现在他没有这个必要了，完全有足够的时间做国王，因为这样他可以自己给自己钉纽扣。你说说看这怎么样，乔船长？"

没有绝对的好与坏，也没有彻底的对与错，更没有不变的尊与卑。每个人都有他自己的思想，每个人都可以按照自己选择的方式来生活，这就是鲍姆的海——它用悠然的水波包容了一切，它让我们自己去探索和回味。

鲍姆曾说过："现在已经是让人目不暇接的新'童话'时代了，以前童话中的妖怪、小矮人、小精灵等等都不再出现了；取而代之的，是作者为了写出可怕的恶魔或坏人而设计的充满恐怖、让人发怵的故事情节。"他只希望，自己写的书至少还可以让孩子得到一点轻松和乐趣。他的确做到了这一点，可他却不仅仅做到了这一点。实际上，许多小读者正和多萝茜、特洛特一样，是在他创造的梦幻王国中学会了如何更达观地去看待真实的世界，更宽容地去对待真实的人。当他们成为父母后，又将这些童话书作为礼物送给了自己的儿女。虽然在鲍姆用十九年时间写下的近六十部儿童文学作品中，《海精灵》只能让我们窥见他无尽思海中的一片小小浪花，可无论何时，这个藏在水波深处的梦，依然会在一个个孩子的心里，继续涌起快乐的潮汐……

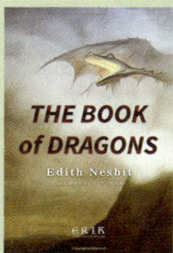

《七条龙》
〔英〕伊迪丝·内斯比特／著
CreateSpace Independent Publishing Platform／出版

与龙共舞

在一百年前的伦敦，一个文学家的聚会上，一个女子悄然而至，却还是引起了所有人的注意。

她个子很高，短发齐眉，穿着一袭宝蓝色的长裙，手腕上戴着样式古老的印度手镯。她在一大群人中间若无其事地写作，一边还叼着个长长的烟嘴，像个大烟囱一样吞云吐雾。恐怕还从来没有一个儿童文学作家，会和她一样：如此任性不羁，又如此浪漫怀旧。正是她改变了整个幻想文学的写作方式，她没有带我们走入魔法与龙的国度，而是让龙直接飞到了我们的身边。

在现实的世界里，她四岁时就失去了父亲，在一所寄宿学校里度过了一生中最不快乐的时光。她九岁时和母亲一起远行，整整五年后才重返故里。她在欧洲大陆上学习历史地理，可她最爱的还是文学，不到二十岁，她已经写作并发表了许多诗歌。三十岁时，她已经是三个孩子的母亲，她所有的童话故事都是为他们写的。她的想象力带给了他们快乐，也带给了他们成长所必须的食物和衣裳，虽然她一生都不富裕，却还是用自己的一支笔养活了一家人。在她的每一部小说里，几乎都能看到她的孩子们的影子，她坚信，可以让孩子们得到幸福的不是财富，而是一个给他们自由和温暖的家庭。在那个保守的维多利亚时代，女子所受的教育就是学会如何依附和顺从男性，可她却创造出了一个现实生活里的奇迹。

而在幻想的王国中，她更是给我们带来无数惊喜的女王。她曾经穿着埃及人的华美长袍，端坐在装饰着黄金和钻石的宝座中；她曾经化身为火焰里重生的凤凰，翱翔于一座座城市和古堡之上；她让传说里的沙精、独角兽、鸡头蛇怪、狮身人面兽，穿越时空的限制，频频来往于过去和现在。她用一双孩子的眼睛看待自己身边的一切，于是，每一件平凡而渺小的东西，都有了一种神奇的力量——孩子玩的陀螺成了岛屿，一个蹦蹦跳跳的皮球可以实现我们所有的愿望，面包牛奶能让恶龙变成温顺的猫咪，水笼头阀门可以管理天气，连一道复杂的数学习题都可以用来拯救被困在海岛上的公主。

她能够用一句话，就让那个打开了"兽之卷轴"的小国王的憨态呼之欲出：

谢谢您给我洗了脸。要是我刚才让您把另一只耳朵也洗了就好了……再见，阿姨。

她也能在最容易让人厌烦的引经据典中，用最巧妙的方法让孩子发出会心的一笑：

巫师总是坏人，就好像你从故事书里知道的那样；有些叔叔也是大坏蛋，就好像你在《大森林里的孩子们》里听到的那样；至少有一个詹姆斯很坏，你们可以从自己的历史书里找到他。如果有一个人既是巫师，又是叔叔，名字还叫作詹姆斯，你就简直没办法指望他有什么是好的了。他就是个完完全全的大坏蛋的三次方——不会有半点好地方。

她更擅长用一个小小的细节，让最荒谬的事情也合情合理地发生：

"从来没有人，"龙抽泣起来，"曾经叫过我一声'乖乖'！"

"别哭了，龙乖乖，"公主说道，"只要你喜欢，我们就天天叫你'乖乖'。我们要驯化你。"

"我很乖的，"龙说道，"一直就很乖。但是除了你们，没有人发现这一点。我很乖的，我一定会听话的。"

在她之前，英国已有了三位幻想文学大师，他们分别是写过《水孩子》的金斯莱、写过《爱丽丝漫游奇境记》的卡罗尔和写过《北风的背后》的麦克唐纳。但他们作品中的那个幻想世界，其实还是由化身为仙女、精灵或是兔子、毛毛虫的大人们在把握着，而作为主人公的孩子们，只是当中受大人教育的被动角色。

可是，在她写的故事里，孩子们却是真正自由的主宰，因为他们随时可以打破或是创造幻想王国里的所有规则——大大小小、各色各样的龙都变成了孩子身边活生生的对手和玩伴，所有的怪兽也都仿佛只是那些不太讨我们喜欢的邻居——这一切，不是发生在一个遥远而陌生的时空里，而是就发生在我们的卧室、厨房、家门外、大街上。这是每个孩子都再熟悉不过的现实生活，可身处其间，你不会听到那些让你头疼的大道理，而是只需要和那些敢做敢为，有时甚至只做不想的小家伙们一起，去冒险、去探索、去行动……最后，你会发现，能够改变这个世界的，并不是那些伟大的、板着面孔的国王和参议员，也不是那些骄傲的、举着宝剑的英雄，而恰恰是那些与龙共舞的小人物——正因为他们并没有将龙当作龙，也并没有将自己面对的困境当作一种痛苦，所以他们才能从容、快乐地度过每一天，才能用自己的乐观和梦想去感染他们身边的每一个人。

这个时时充满危机、处处都有坎坷的世界，就是为了最微弱的一线光明、最渺小的一个愿望而存在着，它还会继续存在下去，直到那最后一条龙，也能在孩子们的欢笑声中找到自己生存的意义。

这也正是她，伊迪丝·内斯比特，一个与龙共舞的女子，希望我们在这座小小的童话岛上找到的黄金宝藏。

《秘密花园》
〔美〕弗朗西丝·霍奇森·伯内特／著
〔英〕英格·莫尔／绘　黄筱茵／译
北京联合出版公司

《秘密花园》的秘密

那只黑色的凤蝶又一次出现在阳台外的花丛中。

是父亲的园艺技术格外高超吗？的确，几棵和五岁孩子一般高矮的美人蕉上，已经开出了两三朵橘黄色的卷筒状花朵；那一片和杂草相似的紫茉莉，也坚持不懈地在傍晚绽放出一颗颗星星般的紫红色小花；另外，栽在花盆里的一棵石榴，已经在火红的花季过后结出了两个喜人的绿色小弹丸，还有，那棵好像绿色小树一样伸展着枝条的迎春花，那一株一尺多高、点缀着淡紫色绒花的含羞草，以及不断抽发着新枝的杜鹃花……

然而，问题在于：没有任何一个高超的园丁可以在砖头和石块上种出一个花园。而在阳台外的空间中，却正是堆满了这些东西。

借着花盆和苗圃里的一点儿土壤生长起来的几片绿色，不过是我们为自己的眼睛制造的一点安慰剂。可是，当那只黑翅凤蝶如同一位赴约的女郎，向每一朵花儿温情脉脉地致意时，这些家养的花儿却还是不免（至少在我看来）有些洋洋自得。它们仿佛也意识到自己是这片荒漠中仅存的一块绿洲，是夏日阳光下唯一的一线荫凉，是大自然尚未在钢筋水泥中泯灭的最后一个证据……

可是，当一个人类的孩子头也不回地从它们身边走过时，这些花儿的目光又是怎样的寂寞啊！

我们的心灵不也正和这些花儿一样，渐渐地在寂寞中枯萎了吗？

有多少所谓的"坏孩子"，是在父母的漠不关心中渐渐长大的？就像那个坏脾气的玛丽——

当她是个多病、烦躁、难看的婴儿，她被带到不妨碍大人的地方；当她长成一个多病、烦躁、蹒跚学步的小东西，她仍然被带到不妨碍大人的地方。

或是那个"印度王爷"一样对别人颐指气使的柯林——

我爸爸也不准别人和我说话。仆人不准谈论我。如果我活下来，我也许会驼背，但是我不会活下来。

在这些孩子的心灵深处，隐藏的究竟是荆棘还是玫瑰？他们需要的，也许仅仅是一线阳光似的微笑，或者，是一缕春风似的慰抚。一点雨水就可以让荒漠变成花园，可是滋润我们心灵的雨水又在何处？

当玛丽走进那紧闭了十年的花园中的时候，当那些枯萎的玫瑰再一次被惊奇地注视的时候，这个孩子荒芜了十年的心灵也第一次打开了紧闭的大门。

每一个孩子天生就有一个能够与自然共鸣的灵魂，而一片泥土，一簇嫩芽能够教他们领会的哲理，更胜过一座图书馆和一百个只会背诵枯燥课文的家庭教师。

玛丽是如此的幸运，她在花园里找到了一个新的天地，这片天地充满了自由和创造的快乐。她也找到了一个新的朋友，这个叫迪肯的男孩简直就是大自然的一个代言人。但是真正幸运的事还在后面，那就是在玛丽发现柯林之后所发生的一切：一个小小的花园，使得性格、经历都截然不同的三个孩子聚在了一起，就像童话中才会出现的情形一样——当玫瑰开放的时候，王子也从魔咒中解脱了出来。柯林重新发现了生命的乐趣和意义，他也终于重新成为了一个可以自立在大地上的人。

我要活到永远的永远的永远！

当柯林这样放声呼喊的时候，他也许不知道，他已经道出了深藏

在秘密花园中的一个永恒的秘密：这个秘密花儿们知道，知更鸟知道，春天知道，或许，那只黑色的凤蝶，它也知道。这就是为什么生命能够战胜死亡，为什么玫瑰枯萎之后还会再开放，为什么在钢筋水泥的包围中，仍然有一片片寂寞的绿色在顽强地生长……

你还没有猜出这个秘密是什么吗？

那么，就轻轻走进藏在你心中的那个花园吧，你会在凝视花开的那一瞬，找到最终的答案。

《苏菲的世界》

〔挪威〕乔斯坦·贾德/著

萧宝森/译

作家出版社

听，那轰然一响

小时候我有一盒跳棋，红、黄、蓝三色的棋子，一共十八颗。那时，我常常在床上把这些棋子铺开，把它们当作一个国家的臣民，给每一颗棋子起不同的名字。而在贾德的纸牌王国里，我仿佛看到了另一个寂寞的孩子也在玩着和我相同的游戏。只不过，这个游戏变得更加复杂了，也因此变得更近乎真实。

然后，我关上电子书的窗口，就开始想，如果有一个非常非常巨大的孩子，他也在独自玩一个游戏，他游戏中的每一颗棋子都是一颗星辰，那么这个游戏盒子该是多么接近我们的宇宙……可这个玩游戏的孩子啊，他知道自己的棋子们正发生着什么事吗？在我的游戏里，我给一颗黄棋子和一颗蓝棋子加冕，让它们成为国王和王后，可它们两个是不是真的相爱呢？这一点我永远也不可能知道。虽然整个游戏都是我创造出来的，可有些事情我还是永远无法知道。

当领悟到这一点时，我反而感到十分欣慰，因为，这实际上让我懂得了：即使我们真的只是存在于一个游戏里，我们也并不完全是受到那所谓的"命运"或"规则"摆布的棋子或者纸牌。有些事，只有身在其中，你才可以体会和感觉，这和"当局者迷，旁观者清"恰恰相反。正是这些微妙感受的存在，使得我们仍然是自由的、不受约束的……

很多人都以为，贾德的《苏菲的世界》也就仅仅是一部哲学史教程而已，就像很多人以为，《尼尔斯骑鹅旅行记》也就仅仅是一部北欧地理教程一样。当然，这样的理解并没有什么不对，如果你已经是一张梅花或者黑桃牌，如果你需要的只是一个按部就班的可执行程序，那么你一定会对这样去看一本童话书感到满意。不过，我只能很遗憾地说，我一点都没把书中那些非常有价值的知识往心里记，斯宾诺莎、祁克果这些拗口的人名，就和斯德哥尔摩、赫尔辛兰这些让我结巴的地名一样，只有靠着一本电子辞典，我才能想得起来。倒是作者将世界看作一只白兔的比喻让我一直记得清清楚楚，以至于每每看到一街满满当当的人潮流过自己身边时，我就会不由得暗暗自问："这里面还有几人是站在兔毛的顶端呢？"

每个人都做过孩子，但不是每个人都能保持住对生命的惊奇和对自己的探索，对正在渐渐把春天和花朵都看得习以为常的苏菲来说，她一生的转折是从听到那一句"你是谁"开始的。其实，我倒觉得，贾德写下那数十万字，也只是为了将这三个字放在他的第一封信里，好摆在我们眼前。他自己后来也悄悄承认：

答案永远是在你身后延伸的那条路，只有问题才能指引你眼前的道路。

的确，回答问题并不是很难的，一个"你是谁"的问题，就已经有了从古至今、从苏格拉底到萨特的无数个答案。可提问题却真是很不容易的，贾德的每一本书其实都是在努力地提出问题，比如，《纸牌的秘密》是在问，"命运是什么"；《苏菲的世界》是在问，"你是谁"；《喂，有人在吗？》是在问，"生命从何而来"；《橙色女孩》是在问，"爱的意义何在"。当然，你或许也会在他的这些书里，找到另一些只属于你的问题，能够从一本书里找到问题的人是幸运的，因为有疑问，我们才会打破沉默，因为我们不再沉默，生命才终于回荡起轰然一响——那清亮的响声，将一直贯穿星河，让每一个生活在星星上的孩子，都感觉到自己是整个世界不可或缺的一部分。

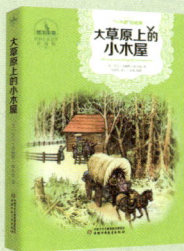

《大草原上的小木屋》
〔美〕罗兰·英格斯·怀德/著
马爱农/译
中国少年儿童出版社

平凡的一生

记得自己很小很小的时候，常常独自坐在一辆有些锈迹的小童车里，一边晒太阳，一边看邻家的阿婆坐在屋门口的一只小木凳子上，用颤巍巍的手，不急不慌地剥蚕豆。蚕豆在太阳下是亮亮的绿，阿婆的头发在太阳下是灿灿的白。有时候，白发的阿婆也会抬起头，冲我笑笑，然后递给我一颗蚕豆。她教我把豆子壳剥下一半，把剩下的一半做成一顶帽子的模样，于是，小小的蚕豆就变成了一个戴帽子的小士兵。

为什么忽然想起了这样的琐事来？可能，是那张照片，是那张罗兰·怀德的照片又让我想起了那剥豆子的老阿婆吧……不是因为她们有着同样的白发，而是因为，她们同样都有着一种将平凡的生活变得可爱起来的魔力。

有的人用文字写作，有的人用生命写作。用文字写出的是故事，用生命写出的是人生。所以这个世界上有一些书，就如生活本身一样，会让你在翻阅它的时候，并不觉得有什么特别之处，而在很久以后，偶然地再一次翻开那旧日的图画，却不由得心潮涌动，难以平复。

六十年前，有一个小女孩，住在威斯康星大森林的一幢灰色小木屋里……

短短的一句话，就将六十年岁月的流光倒回，我不知道六十五岁的罗兰是怎样想到用写作的方式来寻回自己一生的所爱的，但她确实做到了。她让那个五岁的女孩带着我们走回了大森林，再一次听到了风在屋顶和树枝上轻轻划过的声音，还有那让寒夜变得温暖如春的小提琴的旋律；再一次看到了那随日出而变得鲜艳起来的草地，还有比心形糖果更可爱的散落在草间的小石子。马车轮子在嘎嘎作响，鸟儿在晨曦中拍打翅膀，溪水在山谷里闪闪烁烁，这个女孩在大自然的温柔注视下再一次无忧无虑地长大。她和妈妈一起用牛奶做干酪和黄油，她和爸爸一起收割干草、修整木门……她就这样在她朴素的字里行间，重温生活中每个小小细节带来的快乐与甜蜜。

记忆，真的是这个平凡的世界赐给我们的一件最神奇的礼物。不知是谁说过：如果没有记忆，那么活上一个世纪和活上一天又有什么分别呢？可惜，并不是每个人都能将自己儿时的一点一滴记得清清楚楚，如罗兰一样，能够那样幸福地记住自己收到过的每一件圣诞礼物，就更加难得。然而，即使我们已经忘却，有许许多多的小事却还是会在不经意的一刻，忽然浮现在我们眼前，就如我儿时的那片阳光和邻家阿婆手中那颗小小的蚕豆……这就仿佛是在被潮汐抹平的海滩上，留下的一枚螺壳，当我们捡拾起它，俯耳倾听，就可以听到整个大海的回响。

　　将所有的回忆装进一本书里，这世上有几人可以做到？其实，每个人都可以做到。只是我们总以为，自己那平凡的生活，并没有用笔墨记录下来的价值罢了。可你是否有过真正幸福的时光呢？你又是否真正深爱过某人，或者，是否有人深爱过你呢？如果你的回答是肯定的，那么，你的一生就不是一张白纸，而是值得记住，值得书写的一卷传奇。

　　爱是一个永恒的诺言，平凡的故事要用一生讲完……

　　在合上手里的书页时，我忽然又记起了这支老歌。这是罗兰从没听过的一支歌曲，但我相信，她也曾体会过我在想起这歌声的一瞬，心中涌起的暖意。她用她的一生讲述了一个平凡的故事，这个故事已经融入了无数人的记忆之中。可对正在读着这本书的孩子来说，它不是过去，而是现在，是岁月的流逝也无法磨灭的现在，因为每个孩子都和罗兰一样，懂得这样的道理：

现在就是现在，它永远不会变成很久很久以前。

《捣蛋鬼日记》

〔意大利〕万巴 / 著

许高鸿 / 译

人民文学出版社

纯真的含意

——读《捣蛋鬼日记》随想

"纯真"这个美丽的词语，是大人们发明出来的。因为他们已经习惯了生活在一个人造的、充满了各种各样混浊气体和骗人谎言的世界里；他们每天都在扮演各种角色，以至于常常分不清哪个角色才是真正的自己；他们要记住的事情太多，大到奥运会倒计时的日期，小到一个电话号码，所以他们没有多余的回忆来留给童年；即使他们偶尔想起自己也曾经是个孩子，他们关于这个孩子的记忆也早就只剩下了一片模模糊糊的影子——于是，他们就在埋葬这个影子的墓地上，竖起了一块雕刻精美的墓碑：纯真。

然而对于一个孩子来说，这个世界上只存在一个形容词：真实。

他喜欢一切可以触摸到、感觉到的东西，因为它们和他一样，是真实的；他也喜欢妈妈给他讲述的那些美丽的故事，因为他相信故事里的一切和他可以感觉到的那些东西一样，是真实地存在于这个世界上的。直到有一天，他忽然发觉自己身边的这个世界，和妈妈所描述的那个童话世界完全不同，而自己所见所感觉到的一切也并不一定就是它们原来的样子，于是，他的烦恼和困扰也就接踵而至。在真与假之间的徘徊也就是一个孩子成长的历程，当他因为经历现实中太多的丑恶，而开始断定所有美好的故事都是一堆无意义的谎言的时候，地球上就又失去了一个真实的孩子，同时，童话的世界里就又多了一块刻着"纯真"字样的墓志铭。

然而，这个世界还是有希望的，因为并不是所有的孩子最后都会失去自己的真实，也并不是所有的故事都写满了空幻的谎言。至少，在下面这个故事里，你会看到，真实最终取得了胜利，尽管这胜利在一些大人的眼里是一场灾难。但，这个被条条框框束缚得太久的世界，有时候确实是需要一些小小的破坏来给它以新的活力——就像从砖石的缝隙中钻出的一棵野草，或是打碎了紧闭窗户后的一阵疾风——如果我们的家庭和学校里能够多出几个如"捣蛋鬼"一样的孩子，那么，即使我们的生活不会变得更美好，它也会变得更真实。即使我们的心灵不会再拥有一个孩子似的"纯真"，它也会跳动得更活泼；即使我们的社会不会成为童话般美丽的乐土，它也不会成为一堆老学究的墓室，或是一群伪君子的舞台！

"纯真"这个美丽的词语，不应该只是说给孩子听的，因为它不是简单、快乐、无忧无虑的同义词；恰恰相反，它是沉重、忧郁、充满了人生之无奈的，只有一个已经长大了，却又不愿像他身边的那些大人一样庸庸碌碌生活着的人，才会懂得这个词的真正含意。所以能够写出一部"纯真"之作的作家，总是一个忧心忡忡的成年人；而真正能够读懂这作品的，也总是一个忧心忡忡的成年人。他们之所以忧心忡忡，并不是因为他们不能再重新做回一个无忧无虑的孩子，而恰恰是因为他们懂得，即使是对一个孩子来说，这世界也并不是无忧无虑的。

　　从某种意义上来说，所有的儿童文学都是写给大人们看的，因为正是他们需要通过文字的形式来记住自己的来源，记住自己究竟是谁，记住自己最初的愿望和最终的目的地。然而，真正的儿童文学是孩子也能读懂的故事，这个故事没有太多的虚构出来的美丽，却能让孩子们从这故事里看到自我的形象——这个自我是还未定形的，是充满了各种可能性的，是勇于挑战和反叛的，而最终，这个自我将会变成一个属于未来的真正的人。

　　而这，正是《捣蛋鬼日记》要给我们展开的一幅画面……

《天使的名字》
〔瑞典〕玛丽娅·格里佩/著
李之义/译
湖南少年儿童出版社

水珠里的天使

还记得小时候，我最喜欢看湖水的倒影，房屋、柳树、白云、飞鸟……一切映在水波中，就成了另一个晶莹而神秘的世界。我喜欢想象在水波的另一面，一些人头朝下走在这个世界里的情景。有时，我在柳树下，努力把身体向后仰，想看一看这些倒影人透过湖面窥探到的我们这个世界的模样，于是，一片藏在绿叶后的天空就在我眼前展开，清澈、湛蓝，和湖水一样明亮……

看到约瑟芬和她的爸爸一起在彩虹下，谈论那千万颗将要降落在大地上的小水珠的时候，我的心忽然动了一下，那片儿时的蓝色天空，在一瞬间又回到了眼前，因为那倒映在水珠里的世界，就和那湖水的倒影一样，是我再熟悉不过的。

也许每个孩子的童年都有一些惊人的相似之处：都有面对一方天空、一棵树、一朵花、一只小虫的幻想；都有带着一些好玩的东西在其他孩子面前炫耀的渴望；都有不听话地去爬墙头、下河游泳或是偷吃什么的冒险经历；都有一些没法告诉大人的小秘密。因为大人们总是非常忙碌，为了生计，为了工作，为了思考看似重大的问题，根本无暇顾及那些细小琐碎的事情：一篮刚刚出生就被抛弃的猫咪、一只有蓝色眼睛和绿色眼睛的刺绣蝴蝶、一块可以嚼得啪啦啪啦响的泡泡糖、一个画着鹦鹉的白气球……或者，只是一个无足轻重的名字。

约瑟芬，是一个小女孩给自己起的名字，整个故事也是从这里开始，正是因为有了这个在全村"只有一个"的名字，约瑟芬才开始找

到了一个独立的自我；或者，你也可以说，正是因为她的内心中有了一个独立的自我，她才给自己取了这样一个"没有别人叫"的名字。自从有了这个名字的这一天起，她就是她自己，而不再是别的什么人，或是什么东西。她带着自己的新名字去探索这个"和蓝毛衣一样"渐渐变小了的世界，并为此而感到一种单纯的快乐。但，和这最初的快乐相伴而来的，却是无尽的烦恼，因为她身外的那个世界并不认可她的独立，虽然她的父母、姐姐、和祖母一样的厨娘老曼达都顺着她的喜欢，叫她约瑟芬，但是到了上学的时候，她还是得叫"安娜"——那个快被她忘记了的，毫无个性的名字。

除了这个最大的烦恼，她还有许多别的烦恼：

在家里，她是最小的一个，除了做出在姐姐的婚礼花束上放蜘蛛，或是自己剪头发和裙子这样的调皮事，几乎没有人会谈论她、注意她。

在村里，孩子们都不和她玩，只有一个和"女妖"一样离群索居的莉拉外婆，会耐心而同情地倾听她编织的所有不幸的"生活故事"，可除了喜欢老太太给她的点心，她并不能在这种同情和怜悯中找到什么幸福的感觉。

在学校里，同学们因为她背着男孩子用的旧书包而瞧不起她，还有同学恶意地嘲笑她，一开始是因为她不接受这个同学给她的糖果——某种带有侮辱性的施舍，而到后来还是因为，她不愿意放弃那个只属于她自己的名字。

所有的烦恼转了一圈，最后又回到了原点：做约瑟芬还是做安娜，就像做天使还是做女妖一样。对于大人来说，这仅仅是个拿来消遣的笑谈，却让这个小女孩迷茫和困惑了许久。她没有办法理解自己周围发生的一切，她只知道自己做了一些错事，却不知道错在哪里。于是，她只能求助于那些神话里的逻辑——一滴水珠会在自己降落的时候感到紧张，吃下一堆樱桃就不会再被上帝变成天使，这些或许只是大人

眼里孩子气的想象罢了，可正是这些微尘和水珠般的细碎想象，决定了一个孩子的天空是布满恐惧的阴云，还是挂着微笑的彩虹。

没有一滴水珠会白白降下来。它能滋润青草，每一滴降下来的水珠都可以使一朵鲜花开放……

水珠的故事是爸爸·父亲讲给约瑟芬听的，他也是约瑟芬的世界中最为重要的一个人，或许，也是这本书里我最为喜欢的一个人——他沉稳、安详，虽然他也和所有的成年人一样有自己的烦恼，但他从来不会让这些情绪影响到自己的孩子。当约瑟芬和他一起散步的时候，当约瑟芬生病的时候，他总能用三言两语，让这个女孩的心变得平静下来，不再充满恐惧。而最重要的是，他让约瑟芬明白了，每一个人都有属于自己的看待世界的方式，就像水珠会把地球看作是它们的"太空"——"上与下的区别并不像我们预想的那样大。这完全取决于人们从哪个角度看。"

　　这些水珠的降落，也可以看作是人的成长。每个人都需要成长，可这并不意味着他们要像"女妖"莉拉外婆那样离群索居；恰恰相反，陪伴，哪怕只是静无声息的陪伴，都是一个孩子走向独立的过程中不可缺少的爱的养分。只要有一个彼此对望的默契眼神，都足以影响一颗稚嫩和敏感的心灵，如同一滴水珠投入湖心，便可以泛开无穷无尽的涟漪；而当千万颗水珠落向大地，它们折射出的不同角度的光线，就创造了一个绚烂的世界。如果，没有爸爸·父亲，没有雨果，没有这些人陪约瑟芬走过那些延伸在彩虹或是灯光下的道路，没有人为她打开可以看到另一片天空的那扇窗口，她或许还会一直在自己的小小世界里做着奇怪而不安的梦。但她最终醒来了，当她把自己剪碎的天使书签又贴补好的时候，她也找到了自己面对生活的方式，并且，学会了欣赏这个不完美然而很可爱的现实世界。

这是所有水珠盼望和梦想的，它们坐在树枝的顶端等待着。尽管它们自己并没有意识到，就像我们自己没有意识到，我们到天上会怎么样一样。

所有还在水珠里的天使，都不知道自己为什么要降落人间；所有还没长大的孩子，都不知道自己为什么要变成另外一个模样的人。约瑟芬也不知道。但她知道一件事，一件很重要的事：不管将来生活在这个世界上的是一个叫约瑟芬或是叫安娜的女孩，她就是她自己，而不是别的什么人，或是别的什么东西。

《天使的灯火》
〔瑞典〕玛丽娅·格里佩／著
李之义／译
湖南少年儿童出版社

另一种选择

十几岁的时候，我住在一栋临街的大楼上，每天早上，从高高的窗口往下望，可以看到一些去上学的孩子，背着书包走在人行道上。那时，我总希望他们可以走得慢一些，或者抬头看看树，看看天上的云，那么，我就能更清楚地看见他们的模样了。

可是，却极少有孩子这样做，在熙熙攘攘的人群中，背书包的孩子和大人是那么相似，都是那么匆忙，那么紧张。有时，我真觉得，孩子们远去的背影，是一个个童年在消逝的证明。而每每看到一些关于孩子逃学厌学的新闻，我也不禁自问，是不是每个孩子只存在两种选择：做一个逃离尘世的顽童，或者，做一个形同机械的学生？

雨果，当这个名字出现在我眼前的一刻，我并没有意识到，他和我曾经思考过的那个问题之间，有什么关联。然而，当我跟随着他，在教室里不慌不忙地找到属于自己的座位，一个接一个地和大家握手问好；当我跟随着他，慢悠悠地在森林里东嗅西闻，在草丛和泥土间寻找有趣的小玩意儿；当我跟随着他，在昏黄的灯光下注视身边的蜘蛛，然后铺开一张旧纸片，写下自己小时候的事情……我忽然感到，他和我所认识的所有的人都不一样。虽然，他在一本书中真正露面的时间并不多，可几乎每一段有关他的描写，都让人感觉那么奇特：

人们永远无法知道他在哪里。他一会儿爬上树，一会儿又躺在洞里。突然他又不见了，他有一种动物式的能力，来去无声。人们要不停地喊他。他的回答不是从空中就是从地下而来。

当他走来时，那群麋鹿一动不动地站着。它们从来不迎上去，只是一动不动地站着，一边用鼻子闻，一边等待，直到雨果把苹果倒在树底下的雪上。可只有他掏出笛子吹起来，它们才开始吃。它们喜欢一边吃一边听音乐，特别喜欢那首短曲。雨果自己也喜欢。

起初，他让我想起马克·吐温笔下的哈克——他和哈克一样，那么擅长利用大自然里的一草一木来自娱自乐。可雨果并不像哈克那样害怕读书上学。相反地，他总是很高兴地出现在教室里，他还喜欢翻阅古老的书籍，他对读书的见解也是那么独特：

书里藏着丰富的知识，特别是古书，新书里没有……有些人很无能，他们看不到古书里有价值的东西。

这个孩子还让我想起狄更斯的大卫·科波菲尔——他和大卫一样家境贫苦。别的男孩都穿长裤，他穿的却是老头穿的背带装。可他从不妒忌别人拥有的好东西，而是相信，他能自己赚钱，赢得自己需要的一切。于是，他在最寒冷的冬天骑着一辆破旧的老式自行车去给别人送邮件，可没人为此看不起他，相反地——

大家都暗暗梦想能有雨果那样的自行车，在公路上飘来飘去——头高过其他所有的人。高贵、独特、自由。

　　还有片刻，我想起了马洛的雷米，他和雷米一样缺少父母的呵护，可是，他从没露出过一丝的悲悲切切；在他的妈妈去世，所有的人都议论纷纷的时候，他坦然地出现在校园里，告诉大家：

　　你们不用分担我的痛苦和安慰我，谢谢你们的好意，因为我自己知道应该怎么做。

他也并不相信老师说的，妈妈变成了天使，因为他了解自己的妈妈：

哪个世界最好，我不知道，一些人想上天，但是……她认为最开心的事是，在春天坐在河边洗衣服、抽烟斗。在森林的小河旁听鸟儿歌唱美极了。

有时候，我觉得，雨果已经不是一个孩子，孩子总是在想，长大以后做什么？而他从不想这样的问题，因为他知道自己喜欢什么，需要什么；甚至不止于此，他还知道别人喜欢什么，需要什么。他送给梅琳一匹木马，送给约瑟芬一个万花筒。因为他知道，梅琳多么渴望和那些山野中的孩子一样，撒开手脚，冲向自由；他也知道约瑟芬多么渴望拥有一个做不完的美梦——缀满星星与花朵，闪烁着永不熄灭的光芒……

但雨果确实又是一个孩子，他会在看到一匹马的时候冲动地跨上去，结果被摔了一个大马趴；他会因为要在音乐课上唱一首新歌而不唱原来的老歌，和老师较真半天；他着迷于航海、探险和所有男孩子喜欢的东西；在春天到来的时候，他的眼睛会忽然明亮起来：

我要去找一个支流，我要去探寻……肯定是雄奇又伟大的一些东西……

他是那么独立，就像林中一颗松果落下长成的树木，自然地舒展着结实的枝丫；他是那么安详，就像山间一只等待羽化的蝶蛹，静静地孕育着自己最初的飞翔；他是那么活跃，就像一条永不停滞的溪水，向着只有他自己知道的方向奔流。

大家不用追问，雨果是好还是不好，是可爱还是令人讨厌。更不用问他是否帅气。雨果就是雨果，他跟任何人都不同。其他的无关紧要。

原来，我们也可以有这样一个选择：不用逃避什么，也不用惧怕什么，只按照自己的意愿去生活、成长，只是做一个——真诚的人。

《想飞的乔琪》

〔美〕简·兰顿/著

梅静/译

河北教育出版社

飞翔的渴望

乔吉①爬上了大雁王子的后背。他耐心地等着乔吉趴下来，把头埋进他的脖根和左翼之间。接着，乔吉用细细的胳膊轻轻地抱住了他的前胸。她的膝盖也在他的翅膀后面找到了合适的位置。

大雁王子扭过头，温柔地看着她，问："准备好了吗？"

"好了。"乔吉回答。

"那好，抓紧了。"大雁王子说。

然后，他便飞了起来……

我不知道，你有没有看过这样的一类书。这样的书，如同一段人生，第一次读的时候，平淡，甚至琐碎，直到结尾，你还以为，一切会如你所料的那般，欣欣然结束，可它没有，它在结尾处让你的心忽然痛了那么一下，就再也无法释怀。

于是，很久很久，你不愿意拿起再读。但是，当你终于能够在一个有着阳光、微风和鸟鸣的安静日子，坐下来，心无旁骛地再次投入进去，你会发现每一个段落都让你若有所悟。这样的书，就如同一个人的童年，经历的时候只是淡淡的，不觉得什么，唯独到了一切都已经成为过去，在多年后再去回忆，才发现其中蕴含着怎样的奇迹和激情。而那些再寻常不过的小细节——杯子里的空气，能吹出哨音的叶子，在黑暗中闪烁的萤光，还有瓦尔登湖上那微凉的风，银色的月牙，粉红的朝霞，那温柔翅膀的托举，谁也不知道的秘密飞行……当你一遍又一遍回想，一遍又一遍流泪，才知道自己最好的时光，早已和这些微小的事物连在了一起。

实际上，我一直相信，每一个人读过一本书之后都会得出自己的诠释，而我几乎可以想象得到，有多少人去读这段童年的梦幻和回忆，就会读出多少种不同的感觉，比如："爱上和自己不同的人类是一个悲剧"，"成长的代价就是这么沉重"，"梦想会破灭，可我们还得带着遗憾生活下去"，"只有真正的小孩子可以和大自然和谐共处"，"当有些事情你无法再得到时，你唯一能做的，就是不要忘记"……可我也知道，只有那些还相信纯真、相信爱的人，才能够理解我的感觉，而我的感觉就是："拥有这样的童年时光，无论留下的是快乐还是痛苦，都让人死而无憾。"

因为你曾经是那么深深地被爱过，那么默契的湖上飞行，一夜又一夜悄悄开启。乔吉和雁王子的相遇，就好像父与女的相遇，也好像小王子驯化狐狸的历程——所有的一切都还会改变，大雁会南迁，孩子会长大，但是当夜风吹过瓦尔登湖，那湖上的每个涟漪都是你记忆中那片金色的麦田，它让你微笑，让你流泪，让你即使流泪仍然感觉自己是多么幸运。只因为在这样一个时间，这样的你，遇上了这样一个生命，这样简简单单的邂逅，居然就可以实现那么单纯而奢侈的梦想，居然就可以拥有那么多个自由飞翔的日子。

实际上，也是这样一本书，忽然让我明白了，并不是每一个人都有童年。童年不是一个年龄的数字，不是一张讨大人喜欢的笑脸；童年是一种心理状态，是最贴近自然本性的存在。一个人在自己的童年是相信万物有灵的，也会相信梦想和现实一样真实。就好像相信自己能够飞的乔吉，相信自己捡到了一颗星星的大雁王子，相信梭罗是自己的老朋友的弗雷迪叔叔，他们都是真正拥有童年的人，也是始终记得童年的人，因为他们始终有一颗和自然、梦想、善意连在一起的心。

而埃迪和埃莉诺这样的孩子，他们曾经有过童年，但是却已经忘记了——埃莉诺已经开始为别人的看法而烦恼，为自己被称呼为"长颈鹿"而感到愤怒和羞耻；埃迪已经不相信自己看到的奇迹，他已经开始用脑海里的成见代替自己对乔吉的感觉。可即使忘记了，有过童年的孩子们仍然能凭着自然本性去爱他们并不漂亮的妹妹，去拼了命地保护乔吉，不为别的，只因为她是如此天真、不懂得尔虞我诈的一个孩子。

　　而普瑞克先生这样的人就根本没有童年了。他从根本上憎恨和恐惧一切自然的东西，他自以为他喜欢的是孩子，可实际上，他喜欢的只是那种符号一样的笑脸，那根本不是自然的童年，只是迎合成人的儿童面具罢了。这样的人，不仅仅自己没有童年，自己没有幻想，而且总是用他们铅弹一样沉重的恐惧和愤怒，亲自把梦想和幸福从童年的天空击落。普瑞克先生和乔吉的相遇，就好像另外一种父与女的相遇，只不过这个父亲喜欢控制孩子的一切，在她做梦的时候毫不留情地去打击，还自以为，这，是在"拯救"一个孩子。

　　真正的孩子是不需要被拯救的，只有被夺走了童年的孩子才需要拯救。

　　她带着伤，站在门口，她知道自己已经长大，雁王子再也无力载着她飞翔，可她并没有哭；

　　眼睁睁看着来给她送礼物的老雁，永远坠落在那个安静的小院里，她也没有哭；

　　她只在夜里哭泣，那是一个被迫长大的孩子的哭泣，不想被任何人看见的哭泣。

　　她的童年就这样结束了，这样的结尾，如此平静，如此寻常，却如同千万个被迫长大的孩子的一生在黑暗中预演，让我的心好像在被什么钝钝的刀子割裂。

　　幸好，幸好她在自己过家家的小窝里重新寻回了雁王子的礼物。在其他人看来，这礼物只是一个普普通通的橡皮球，有着蓝白相间的花纹。可当夜深人静，只有她一个人面对这份礼物的时候，她看到的，却是一个闪闪发光的星球——那颗最孤独却也最懂爱的星球，那个能够包容各种各样生命的、属于我们最初和最后的家园。

　　"请好好保管它。"雁王子曾经这样说道。而已经长大的乔吉①轻轻回答："我会的。"

　　不管结局是悲伤还是欢喜，无论如何，我已经和你一起比翼飞翔过，那一瞬间，我才知道，什么是拥有整个世界。

　　渴望飞翔的乔吉，始终是幸运的。

---

① 现译为"乔琪"。

《寄小读者》
冰心／著
人民文学出版社

此心如冰

——怀念《寄小读者》

那是一个天空中闪烁着繁星之光的清夜，一个柔弱的女孩满怀眷恋之情，离开了自己的家园，走上了一条漫长的海外求学之路。

这个女孩是如此不幸，刚刚踏上异国的土地，就因为一场忽如其来的重病被送进了医院；这个女孩却又是如此幸运，在病榻上，她写下的一封封鸿雁之书，载着她的乡愁、回忆和一片永不泯灭的童心，飞向了故土、母亲、兄弟，也飞向了中国儿童文学的清晨，终于，闪烁出了第一缕灿烂的霞光……

这，就是冰心，和她写满了"真""自然"与"爱"的《寄小读者》。

1. 冰心的"真"

在这开宗明义的第一信里，请你们容我在你们面前介绍我自己。我是你们天真队里的一个落伍者——然而有一件事，是我常常用以自傲的：就是我从前也曾是一个小孩子，现在还有时仍是一个小孩子。为着要保守这一点天真直到我转入另一世界时为止，我恳切的希望你们帮助我，提携我，我自己也要永远勉励着，做你们的一个最热情最忠实的朋友！

——通讯一

只有真实才是最动人心的，而《寄小读者》之中的"真"也正是这部作品的魅力所在，这里最好的几篇通讯（如通讯二、通讯十、通讯十七）几乎都是完全口语化的、至情至性的、不加修饰的写作。这些充满着作者真性灵的文字，即使你觉得它过于纤弱，或是过于伤感，以至于显得不像严格意义上的儿童文学，但是，它却能够在一代又一代的孩子和成年人心中，留下无法磨灭的印记。

其实，这种"真"并不是呼之即来的，它来自于冰心的人格魅力，也来自于一个作家对自己作品的责任感，而这种责任感，几乎是贯穿冰心整个人生的一条纽带。

弟弟！我平日总想以"真"为写作的唯一条件，然而算起来，不但是去国以前的文字不"真"，就是去国以后的文字，也没有尽"真"的能事。

——通讯十六

当她躺在沙穰的医院里，她并不以为是苦，因为她觉得：

领略人生，要如滚针毡，用血肉之躯去遍挨遍尝，要它针针见血！

——通讯十九

可是，她却在即将回到温暖的家园时，产生了怯弱和惊惶的心情：

虽然我曾应许"我至爱的母亲"说："我既绝对的认识了生命，我便愿低首去领略。我便愿遍尝了人生中之各趣；人生中之各趣，我便愿遍尝！——我甘心乐意以别的泪与病的血为贽，推开了生命的宫门。"我又应许小朋友说："领略人生，要如滚针毡，用血肉之躯去遍挨遍尝，要它针针见血！……来日方长，我所能告诉小朋友的，将来或不止此。"而针针见血的生命中之各趣，是须用一片一片天真的童心去换来的。

——通讯二十七

冰心的"真"，不是简单的孩子气，也不是不谙人情世故的无知，恰恰相反，她是在看清了这个世界的诸多虚妄幻象之后，以一种睿智之心，冷静地选择了保留自己的"真"，同时，也选择了自己一生的走向，那就是：把自己的全部真心，献给这个世界的未来，献给孩子。

2. 冰心的"自然"

真的，最难忘的是自然之美！今日黄昏时，窗外的慰冰湖，银海一般的闪烁，意态何等清寒？秋风中的枯枝，丛立在湖岸上，何等疏远？秋云又是如何的幻丽？这广场上忽阴忽晴，我病中的心情，又是何等的飘忽无着？

——通讯九

这是一颗生长在海边，被自然的美所陶冶、孕育出来的心灵，这也是冰心永远能够微笑着面对孤独的一个秘密：她是有许多朋友的，这些朋友虽然不会说话，却是静寂中最忠实的陪伴，忧思里最美好的慰藉：

我爱听碎雪和微雨，我爱看明月和星辰，从前一切世俗的烦忧，占积了我的灵府。偶然一举目，偶然一倾耳，便忙忙又收回心来，没有一次任它奔放过。如今呢，我的心，我不知怎样形容它，它如蛾出茧，如鹰翔空……

——通讯十四

然而她最爱的还是海，因为：

海是深阔无际，不着一字，她的爱是神秘而伟大的，我对她的爱是归心低首的。

——通讯七

是海给了她一个宽广的胸怀，也是海给了她一个无畏的性格。

在一个女性柔和的外表下，在一个瘦弱的身躯里，藏着的是一种男孩子似的，永不枯竭的热情和活力。她独自一人在山中踏雪；她与小动物们交谈嬉戏；她在大自然中才觉得自己是个"孩子"，是完全自由的人——而她的病，竟然成为她与自然接近的一个绝好契机，从这一点看，《寄小读者》也是一棵由自然之美催生出的花朵。只是，这个自然如此与众不同，因为在冰心眼中，"自然""童真""生命"是三位一体的——它们不可分割，更不能离开彼此单独存在，所以在某种程度上，冰心的"自然"就是童心的同义词，也是她人生道路上不可或缺的一道引路的阳光。

3. 冰心的"爱"

我生命中只有"花"，和"光"，和"爱"，我生命中只有祝福，没有咒诅。

——通讯十三

在那一颗如冰一样透明、纯净的心灵里，究竟承载了多少的爱？对自然，对母亲，对祖国……我们已经计算不出，因为《寄小读者》几乎就是全部用爱凝结而成的一卷儿童文学的圣经，至今，那些富于哲思的话语仍然在洗涤着我们的灵魂：

爱在右，同情在左，走在生命路的两旁，随时撒种，随时开花，将这一径长途，点缀得香花弥漫，使穿枝拂叶的行人，踏着荆棘，不觉得痛苦，有泪可落，也不是悲凉。

——通讯十九

世界上没有两件事物，是完全相同的，同在你头上的两根丝发，也不能一般长短。然而——请小朋友们和我同声赞美！只有普天下的母亲的爱，或隐或显，或出或没，不论你用斗量，用尺量，或是用心灵的度量衡来推测；我的母亲对于我，你的母亲对于你，她的和他的母亲对于她和他；她们的爱是一般的长阔高深，分毫都不差减。

——通讯十

所以世上一物有一物的长处，一人有一人的价值。我不能偏爱，也不肯偏憎。悟到万物相衬托的理，我只愿我心如水，处处相平。我愿菊花在我眼中，消失了她的富丽堂皇，蒲公英也解除了她的局促羞涩，博爱的极端，翻成淡漠。但这种普遍淡漠的心，除了博爱的小朋友，有谁知道？

——通讯十七

……北京似乎是一无所有！——北京纵是一无所有，然已有了我的爱。有了我的爱，便是有了一切！

——通讯二十

冰心的哲学是爱的哲学，也是所有对世界还保有希望的智者的哲学，同时，又是一个女子，一个富于母性的女子，所特有的对人性的领悟及对人间的宽容——而这，正是这个由男性主宰的世界最欠缺的。

诗人徐志摩，就曾经要到她"那个纯洁的地方去忏悔"。但她的如水之心，实际上并不是所有人都能够理解的，她只能让"小朋友"来做她的"裁判"，把一切都说给"小朋友"听——她将她的爱留给了孩子，其实也就是留给了还未被尘俗化的本真的人，她相信这样的人在这个世界上永远不会消逝，因为她本身就是其中的一员……

我们的小读者是幸运的，因为在白话文刚刚开始取代文言文的新文学时代，他们就已经有了属于自己的儿童散文；我们的小读者却又是不幸的，因为在此之后的数十年里，竟再不曾有过这样优美的文字是为他们而写的！

也许，真的像《寄小读者》第一篇通讯中就说过的那样："若不是在童心来复的一刹那顷拿起笔来"，就不会有那般柔和恬静的倾心述说；而"一回到健康道上，世事已接踵而来"，便是有一颗如冰之心，也难以再续清音。

也许，这个世界原本就是这样："他们的是非，往往和我们的颠倒。往往我们所以为刺心刻骨的，他们却雍容谈笑的不理；我们所以为是渺小无关的，他们却以为是惊天动地的事功。"所以没有人在乎一个女孩子的述说，更没有人在乎一个女孩子的沉默。

也许，只有在现实世界里找不到任何快乐的人，才会去建造一个幻想中的王国；才会去回忆美好的过往。"安心是药更无方"，心灵远离了安宁，正说明当今时代的娱乐活动，真的是太多了。

也许，我是过于悲观了。毕竟，当年的小读者们都长大了，他们应该是不会忘记那些打动过自己心灵的话语，他们也应该是会让这个世界变得更真、更美、更富于爱心的……

蓦然回首，距冰心先生辞世已有五年了，距自己第一次于病榻上静读《寄小读者》也已有十余年了。如今重读这些亲切的文字，我的心"因着这回想，寸寸都是甜蜜的"，我知道自己笨拙的笔是难以描画出那一颗如冰之心的，然而我也只能以自己笨拙的笔写下这篇短文，以此和所有怀念冰心先生的小读者共勉，愿我们都能做个好孩子，也都能保有自己最初一刻的童真之心……

《新月集·飞鸟集》
〔印度〕泰戈尔／著
郑振铎／译
北京十月文艺出版社

重生的新月

呵，这些茉莉花，这些白的茉莉花！

我仿佛记得我第一次双手满捧着这些茉莉花，这些白的茉莉花的时候。

……

那个带着一丝忧伤的声音，曾经在一九二四年的初夏，轻轻回荡在中国新文学的时空里……一恍惚间，茉莉花开花落已近八十个轮回，写下这诗篇的人，早已"启程回到了他永久的家乡"，而朗读过这诗篇的那个年轻的中国诗人，也在这初夏过后不久的第七年，就因为一次不羁的"飞翔"，而悄悄地、不带一片云彩地走了。

但，新月仍在。

在书店最不起眼的角落里，在标着"经典文学"字样的那个落满灰尘的架子上，是一本本无人理会的大卷本著作，新月，就在其中。

在网上书库的纷繁海洋里，在被艳情和时尚淹没的标着"经典文学"字样的那些链接下，是一篇篇无人点击的古老作品，新月，就在其中。

"经典文学"这四个字，就像是一口美轮美奂的水晶棺椁，就像是一只玲珑精致的金丝鸟笼，而新月，就在其中。

谁从孩子的眼里把睡眠偷了去呢？我一定要知道。……

我也想知道，是谁从孩子的天空中把这弯新月偷了去呢？又是谁在一次又一次地，偷去了那些原本属于孩子们，也应该永远属于孩子们的宝藏呢？

泰戈尔的新月、霍夫曼的胡桃夹子、梅特林克的青鸟、霍桑的神奇故事、乔治·桑的说话的橡树……还有，还有希梅内斯的小银，要不是艾斯苔尔将它从遗忘之国寻回，又有多少人知道它的存在呢？

……夜来了，我的脸埋在手臂里，梦见我的纸船在子夜的星光下缓缓地浮泛前去。

睡仙坐在船里，带着满载着梦的篮子。

这满载着梦的篮子啊！它是为了一个孩子的梦想而存在，却被精心地收藏在了一个孩子们永远也打不开的魔盒里，被安稳地掩埋在了一个孩子们遥不可及的金银岛上，就像是一个童话中属于巨人的心脏，只有越过七个海洋，七座大山，在一个深谷中的湖泊里，在一只野鸭的胸膛中，你才能找到它。

但是，泰戈尔却似乎早就知道了这一切，他将自己的儿童集命名为"新月"，似乎就是在等待着一个孩子的目光，使那挂在天空已千万年的月亮再度重生，获得一个崭新的灵魂。是的，仅仅需要：

把你和善的目光落在它们上面，好像那傍晚的宽宏大量的和平，覆盖着日间的骚扰一样。……

泰戈尔眼中的这个孩子天使是谁呢？

也许，是一百年前的莱努卡——她是诗人的爱女，仅仅活了十三个春秋；

也许，是数十年前的你我——那时，我们还不知道人间的欺诈，只是在绿叶当中快乐地游戏；

也许，是此时此刻，走过我窗前的那背书包的孩子——他们的眼神中，总有一种渴求的表情；

也许，是一个正孕育在母亲的爱情里的婴孩，当他出生的一刻，这个世界就会因为他的到来，而变成另一种样子——

在那儿，使者奉了无所谓的使命奔走于无史的诸王的王国间；

在那儿，理智以她的法律造为纸鸢而飞放，真理也使事实从桎梏中自由了。

自由，这是一个被大人们说过太多次，以至于显得不再真实的字眼。可泰戈尔却告诉我们，自由是存在于最简单的事物之中——将一切纷扰烦杂、浮华虚名、迷离诱惑、琐碎庸碌都层层剥离，只留下一个干净洁白的赤裸的心灵，唯其如此，我们才能重新触到那桎梏之外的真与美；也唯其如此，我们才能看见那新月的重生！

太阳照耀在沙地上，海波任性地浪花四溅。

一个小孩坐在那里玩贝壳。

他抬起头来，好像认识我似的，说道："我雇你不用什么东西。"

从此以后，在这个小孩的游戏中做成的买卖，使我成了一个自由的人。

这不是一个结尾，而是一个开始；是一幅刚刚拉开的梦想的序幕；是需要我们每一个读者来继续下去的心灵旅程；是一条通向天上的路，期待着所有率性而为的脚步……那么，你还在等什么呢？就让我们结伴同行，去看新月的升起吧！

《孩子的宴会》

〔法〕阿纳托尔·法郎士／著

叶君健、郭晓娜／译

东方出版社

不一样的孩子
——写在《孩子的宴会》之后

　　一个穿着大红色对襟棉袄的小女孩，从我的眼前一闪而过，仿佛玻璃橱窗里陈列着的中国娃娃玩具，忽然跳着舞来到了现实世界的灰色街道上。不过，这并不是什么幻象，这只是一个去参加新年晚会演出的孩子，早早地换上了自己的演出服。

　　生活在这个大都市中的孩子们，好像也都和他们的父母一样——他们总是从早到晚，忙碌个不停：课外活动、学校汇演、钢琴课、围棋培训班，暑假里学美术，寒假里学奥数……如今他们再也不会问你"山里面有没有住着神仙"这样的傻问题，甚至连外星人的存在都已经不在他们相信的事物之列。不论是男孩还是女孩，如果他们带着一副询问的表情向你望过来，那十有八九是因为他们忘了带表，而偏偏就在四点钟还有一个不能迟到的补习班在等着他们……

生活在这个新世纪中的孩子们，其实已经和他们的父母太不一样——他们再也不会因为在过年时得到几元压岁钱就欢呼雀跃，他们也不会在书店的门口用饥渴的目光张望，他们收藏的是游戏光碟而不是硬纸板做的画片，他们谈论的也不再是小人书里面的故事而是最新的娱乐头条……

有人觉得，在这样一个时代，这样一群孩子中，"儿童文学"就像是一场在新年演出的圣诞颂歌，早就应该落幕——更何况是生活在上一个世纪的，长着一把长长胡须的老先生们写作的"老掉牙的故事"？！是的，这是一个属于漫画、电影、电视和网络的读图时代，这是一个"哈利·波特"与"尼奥"在空中上下翻飞的洋溢着速度与激情的时代。然而，你可曾见过一个孩子对着一台电脑，露出那样一个甜柔的、会心的微笑？他确实这样笑过，就在他读着那"老掉牙的故事"的时候。

也许，正是这一瞬间的笑容，使我明白了"儿童文学"的意义所在。

它不是一个披着缀满星星的斗篷的魔法师，只会创造一些迷惑孩子们的美丽幻象；

它也不是举着闪闪发光的权杖的仙女，只会用糖果和长鼻子来教育孩子们什么是对、什么是错；

它更不是戴着夸张面具的小丑，只会一遍遍重复自己的笨拙，以此博得孩子们饱含怜悯的一瞥。

不，真正的"儿童文学"是一个精灵，它可以钻入孩子的内心深处，去发现那些他们自己也不曾了解透彻的秘密；它也是一个摄影师，只是它记录的影像都是来自于透明的心灵，所以也只能在另一颗同样的心灵上放映；它更是一个收藏家，但它只收藏一件东西，一件我们总是在丢失又总是在找寻的东西，那就是我们的——童心。

在法郎士的儿童散文中，没有什么新鲜奇异的画面，更没有什么玄妙引人的情节，它所有的一切，只是一颗平常得不能再平常的——童心。

这是一群孩子的肖像，而这些孩子，我们无论是从时间还是空间上看来，都是属于另一个世界的了。可是，如果你是一位年轻母亲，你一定会对那想把绣球花当作糖果吃下去的小玛莉露出爱怜的一笑；如果你是一位幼儿教师，你就一定见过米歇尔画的轮船和鸵鸟；如果你是一个男孩，你就不可能忘记那个用路易莎似的目光注视过你的小女生；如果你是一个女孩，你也肯定还记得自己的玩偶们曾经是多么的喋喋不休。

在法郎士的笔下，每一个孩子都是独立的，都有自己的个性。然而他们却又是如此的相似，相似得使我们看见了其中的任何一个，就仿佛看见了他们整个的全体，而同时，也就仿佛看到了所有的、生活在我们身边的孩子。为什么？当然，不是因为水晶球里的魔力！只是因为所有的孩子，都有着一颗相似的——童心。

童心是什么？如果有一个孩子此时此刻向我提出这样的问题，也许我会无言以对的，就像我无法对上帝解释什么是"神圣"。所幸从来也没有孩子这样地问过我，因为有些东西，只有当你已经失去了，你才会意识到它的存在，就像清新的空气，就像我们头顶曾经一尘不染的蓝天……童心正是我们最本真、最贴近自然的一种状态，而在这个飞速机械化的文明世界里，也许它就是我们和自己的灵魂、和整个自然生命相连着的最后一根纽带。

于是，在安徒生的王国里，真理是借着一个孩子的声音，出现在那穿着莫须有长袍的皇帝面前；在自私的巨人的花园里，王尔德让上帝以一个孩子的面貌出现，为人间带来了春天；而在法郎士的宴会上，一切都回到了现实中，在卸下了那一重重由寓言和童话编织的面具之后，一张张朴素无华、却发散着纯洁光辉的面孔，以自己的方式，无拘无束地向我们证明了：某些东西，就像金质的沙粒，永远不会在时间的潮汐中湮灭……

《母亲的诗》
〔智利〕加布里埃拉·密斯特拉尔／著
Eastern Washington University／出版

生命的礼物
——密斯特拉尔的《母亲的诗》

我不能完全有把握给予女儿幸福，但我相信自己能够给予她对幸福的正确认识及追求幸福的信心和能力。这也是我最想做到的。

——《M.S.斯特娜的自然教育》

在我儿时的记忆里，母亲总是穿一件素色的衬衣，梳着两条不长不短的兰花辫子，走起路来轻轻快快；当我向她呼唤"妈妈"的时候，她的笑容就像灿烂的晨光一样，让我的心一下子就变得安宁和温暖起来。

我相信，母亲是因为看见我才笑得那样灿烂。虽然母亲从来也不曾当着我的面说过一个"爱"字——她总认为那样的话是很肉麻的——可是，我真的知道，母亲在这个世界上的最爱，就是我。

当我看着镜子里的那张面孔，试着寻找它与当年那笑容之间的一些微妙的相似时，我常常会想象还未成为母亲的那个女孩，在她年轻轻的生命正在绽放的年代里，她有过怎样的梦和幻想呢？

我现在明白，二十年来我为什么沐浴阳光，在田野上采摘花卉。在那些旖旎的日子里，我常常自问：和煦阳光，如茵芳草，大自然这些美妙的恩赐有什么意义？

我是在母亲的眼眸里认识了自己，我却是在《母亲的诗》中认识了在我出生之前的母亲——虽然这些诗句是出自一个智利女作家之手，但是我相信她的心，和我的母亲的心，是相同的。因为所有的女人，无论她是刚强还是柔弱、是智慧还是单纯、是丑陋还是美丽、是平凡还是高贵，当她成为一个母亲的时候，她的心里，就只能容下一件东西——那，就是爱。

母亲不是一个浪漫的人，她从小就独自担负起了照顾家中三个弟妹的重任。她在田野中采摘的不是花朵，而是几个可以充饥的野栗子。或许正因为经历过这样的童年，长大后的她也从来不问什么问题，她只是行动；所以她的爱也是这样，只管做，却从来不会去想她付出的一切能够得到什么结果。

但是，在所有人面前都表现得像一个男子般勇敢、坚定的母亲，却在我的面前掉过泪——那是一个几乎令她绝望的冬天，那一年，我因为一场大病险些离她而去。

那是母亲不眠不休的几个日夜，也是她脚步声最轻，表情最温柔的几个日夜。

我小心翼翼地拨动鹌鹑安巢的草丛。我轻手轻脚地走在田野上。我相信树木也有熟睡的孩子，所以低着头在守护他们。

正是在那些日子里，我第一次懂得了母亲，也第一次发现了自己生命的意义：这生命不仅仅属于我，也属于我的母亲。因为我，是她整个人生中最美好的一次创造——

我在这种宁谧安静中织成一个奇妙的身体，有血管、面孔、明亮的眼睛和纯洁的心灵。

也是在那些日子里，我看见了另外一些母亲：她们和我的母亲一样，同自己的孩子在那个小小的白色房间里，一起经历了恐惧、痛苦、绝望和比绝望更折磨人的希望的挣扎。但是她们迎着自己孩子目光的时刻，却总是在微笑；那种幸福的笑容，是我一生都难以忘却的……

以前我没有见过大地真正的形象。大地的模样像是一个怀里抱着孩子的女人（生物偎依在她宽阔的怀抱）。

当生命诞生的一刻，母亲——这个沉重的使命其实才刚刚开始。上帝仿佛故意要和人类开一个玩笑，所以才把这样的重担，放在一个柔弱的女子肩头！可是，上帝呀，谁又能说这样的安排不是你的一片苦心？只有当一个女子在她的心里眼里都装满着爱的时候，这个世界才有了美，才有了延续下去的价值，也才有了一个个活泼泼的，眼神中充满了快乐与希冀的孩子……

我折腾了一宿，为了奉献礼物，整整一宿我浑身哆嗦。我额头上全是死亡的汗水；不，不是死亡，是生命！

我多希望我也能为这个世界带来一个孩子：一个无忧无虑的孩子，一个勇敢坚强的孩子，一个美丽温柔的孩子，一个懂得爱自己、也懂得爱别人的孩子……

可是，母亲啊，我能够做到你为我做到的一切吗？

《自然纪事》
〔法〕儒勒·列那尔／著
〔法〕图卢兹－劳特累克／绘　徐知免／译
浙江文艺出版社

静读生命

——儒勒·列那尔的自然素描

他好像抓着一根小链条一直下到大地深处，装链条的滑轮刺耳地响着。

……

寂静的田野上，白杨树像手指般伸向天空，指着月亮。

不知为什么，读到这句话的时候，我就仿佛又清楚地听见了八九岁时的一个夏夜，我忽然在半夜醒来时，我家阳台上那只小蟋蟀的鸣叫；仿佛又看见了那天映在玻璃窗上的圆月亮……

那只蟋蟀已经不在，月亮却永远还是那个月亮。

我是在读过泰戈尔的《新月集》、屠格涅夫的《树林和草原》之后，才读到列那尔那些短小简单的句子的。在此之前，我以为，自然之美早就已经被两位抒情散文大师说尽，说绝了；而在此之后，我却发现了另一个我所不知道的真实的自然世界。

怎样才能确切地形容出那些文字在我心中留下的深深烙印呢？如果说，《新月集》中的诗句仿佛一幅绝妙的淡色水彩画，而《树林和草原》的叙述如同一卷厚实的静物写生油画，那么，列那尔的作品就恰恰像是一本素描，没有绚烂的色彩，没有宽大的画幅，只是几笔随意的勾勒，几根简约的线条，就已经让一个充满了灵性和变化的大自然，呼之欲出。

林清玄在自己的散文中写道：

拙劣的文章常常是词句的堆砌，扭曲了作者的个性。好一点的文章是光芒四射，吸引了人的视线，但别人知道你是在写文章。最好的文章，是作家自然的流露，他不堆砌，读的时候不觉得是在读文章，而是在读一个生命。

在列那尔的笔下，将一朵朵自然的花、一颗颗自然的果串联起来的，不正是这根"生命"的琴弦吗？

也许，你不曾在一个八月的黄昏，静静匍匐在一个墙角的草丛里，只为聆听一只小小的黑色蟋蟀的乐曲；

也许，你不曾倚着一棵在风中摇摆的柳树，在一片漂着浮萍和水泡的池塘边，默坐几个小时，让一只蓝色花朵般的翠鸟栖息在你的钓鱼竿上；

也许，你不曾去晚秋金色的树林中漫步，听落叶在脚下吱吱嘎嘎作响，然后猛一抬头，看见一只高大的梅花鹿正立在你的面前；

也许，你更不曾为了寻找一只云雀，在阳光还未点燃地平线的微明的清晨，踏着一条满是荆棘的小路走入一片浸润在晨光中的绿色田园……

可是，这并不意味着一百年前的那个自然世界离你很远。

如果，你曾经在一条车水马龙的公路边的银杏树下伫立，感觉到那刚刚萌发出的嫩叶，正随着三月的春风在你的头顶摇曳；

如果，你曾经看见那些种在街边花坛上的酢浆草开出的紫红色小花，还有围绕着花朵飞舞的白色小蛱蝶；

如果，你曾经留意过一场淅淅沥沥的阵雨后，从一片钢筋水泥的建筑工地下，小心翼翼探出触角的一棵野葡萄；

如果，你曾经坐在一间狭长的会议室里，不经意地从灼热的烟雾弥漫的空气中抬起头来，正好看见窗外一群飞过高楼之顶的鸽子，隐没在一片夕阳下的火烧云里……

是的，一百年的时间已经过去，可有一些东西却留了下来，它们不仅仅属于那些生活在自然之中的自在生存的动物们，它们更属于我们，属于生活在现代都市里的我们，属于在钢筋水泥森林里快要窒息的肺腑，属于经过污染，所以更渴望沉静的心灵。

正是在自然渐渐离这个都市远去的时候，我们才更需要俯身面对一朵花、一株草、一只秋日的鸣虫、一本朴素无华却充满智慧的书，使孤寂而脆弱的灵魂不至于在冷漠、混乱、匆忙的世界里迷失，不至于遗忘了自己原本也是那棵巨大的生命之树上的一片小小的叶子。

静读生命，其实也就是静读我们自己。当列那尔穿过了那片被阳光照耀的平原，他所见的，是一片树林，还是一群已经寻找到了内心宁静的人类？

它们的死亡是缓慢的，它们让死去的树也站立着，直至朽落而变成尘埃。

我想我会一直看着那片在玻璃窗上晃动的树影，和它一起在白昼的风中起伏，在夜晚的繁星下沉默，然后叶落，然后归于尘土。

一百年、一千年终将会过去……

但是，生命的歌曲却会继续吟唱下去，月亮也永远还会是那个月亮。

感谢以下图书出版机构授权使用图片：

北京天略图书有限公司

信谊文化

海豚传媒股份有限公司

新经典文化股份有限公司

少年儿童出版社

二十一世纪出版社

北京启发世纪图书有限责任公司

桂林魔法象文化传播有限公司

蒲公英童书馆

湖南少年儿童出版社

明天出版社

接力出版社

北京十月文艺出版社

人民文学出版社

作者简介

  漪然，原名戴永安，1977 年 4 月生于安徽省芜湖市。4 岁时因意外致高位截瘫，8 岁开始自学，14 岁开始写作，多部原创童话、诗歌、书评在全国各大儿童文学类刊物上发表，并荣获众多奖项：童话《小灰熊的红灯笼》获得《东方少年》文学大奖赛童话作品成人组三等奖，《星球的故事》被《2006 年中国儿童文学精选》收录，中篇童话《忘忧公主》获得国家"三个一百"原创工程奖；参与编写了《中国吉祥兽》丛书，此丛书在新加坡、马来西亚和中国香港、台湾地区都广受读者的喜爱；并担任过《父母必读》等多家亲子类杂志童书推荐专栏特约撰稿人。

  通过自学，她先后掌握英、法、德等多国语言，翻译过"顽皮公主"系列、"嘻哈农场"系列、"暖暖心绘本"系列，以及《月亮的味道》《从前有一只老鼠……》《鬼怪森林》等儿童文学作品。

  为了把童书带到更多孩子身边，她还创办了儿童文学公益阅读网站——"小书房·世界儿童文学网"，并通过网站发起"公益小书房"全国儿童文学阅读推广活动，在全国 21 个城市建立公益小书房站点，影响了数万家庭。小书房网站也因此而荣获 2008 年度儿童阅读产业论坛颁发的"年度童书推广机构奖"。

2015 年 9 月因病去世，年仅 38 岁。

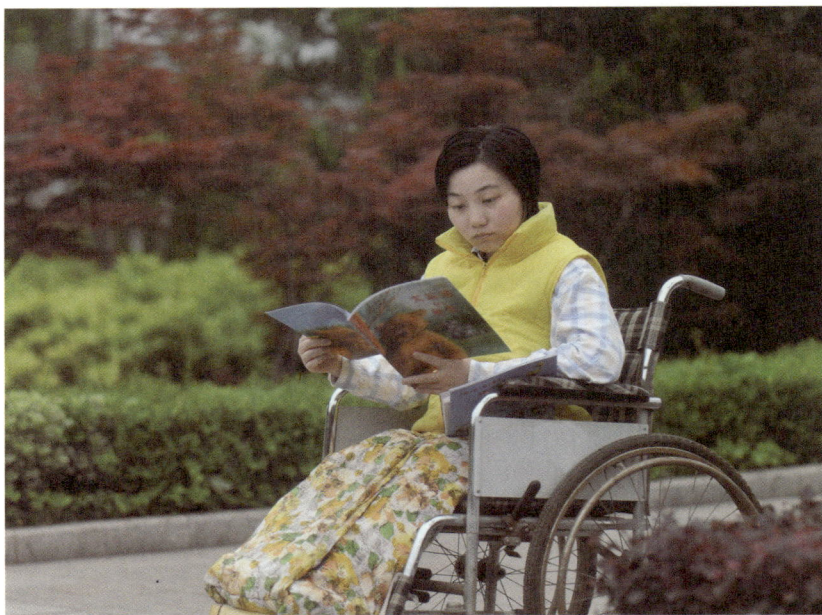

图书在版编目（CIP）数据

心弦奏响的一刻：漪然赏读37部经典童书／漪然著
.—北京：北京联合出版公司，2016.9
ISBN 978-7-5502-8535-4

Ⅰ.①心… Ⅱ.①漪… Ⅲ.①儿童文学－文学欣赏－世界 Ⅳ.① I106.8

中国版本图书馆 CIP 数据核字（2016）第 220600 号

心弦奏响的一刻：

漪然赏读37部经典童书

著　者：漪　然
选题策划：李　娜
出版统筹：奇想国童书
特约编辑：印姗姗
责任编辑：徐　樟　徐秀琴
营销推广：奇想国童书
装帧设计：魏清清

北京联合出版公司出版
（北京市西城区德外大街83号楼9层 100088）
深圳当纳利印刷有限公司印刷 新华书店经销
字数 80千字 710毫米×1000毫米 1/16 12.5印张
2016年9月第1版 2016年12月第2次印刷
ISBN 978-7-5502-8535-4
定价：38.00 元